一億年ボタンを連打した俺は、
Ichiokunen Button wo Renda shita Oreha,Saikyo ni natteita
気付いたら最強になっていた
～落第剣士の学院無双～
6

「お、お父さんは、あっちに行ってて！」
シィ＝アークストリア
千刃学院の生徒会長。生徒からの人望は厚いが、何かと我がままを言ってアレンを振り回す。

ロディス＝アークストリア

シィ＝アークストリアの父。アークストリア家の十五代目当主。娘のことを深く溺愛しており、超が付くほどの親バカ。

「ねぇ、アレンはどんな人なの？」
ウェンディ＝リーンガード
リーンガード皇国の君主『天子』であり、リーンガード皇国随一の才女。公の場では温厚で優しげだが、実際は……？

アレン=ロードル
一億年ボタンによって、極限の剣術を身に付けた少年。なぜかリーンガード皇国の慶新会に招待される。

「リアに手を出したんだ、
それ相応に痛い目を
見てもらうぞ！」

ゼーレ
魔獣の上位種族『魔族』。高度に発達した知能と恐ろしい戦闘力を持つ人類の敵であり、『呪法』という呪いの力で、多くの人たちを苦しめる。
「アレン＝ロードル。世界の秩序と安寧のため、貴様にはここで死んでもらうぞ！」

CONTENTS

一億年ボタンを連打した俺は、気付いたら最強になっていた6
～落第剣士の学院無双～

月島秀一

ファンタジア文庫

3054

一億年ボタンを連打した俺は、気付いたら最強になっていた

Ichiokunen Button wo Renda shita Oreha, Saikyo ni natteita

～落第剣士の学院無双～

6

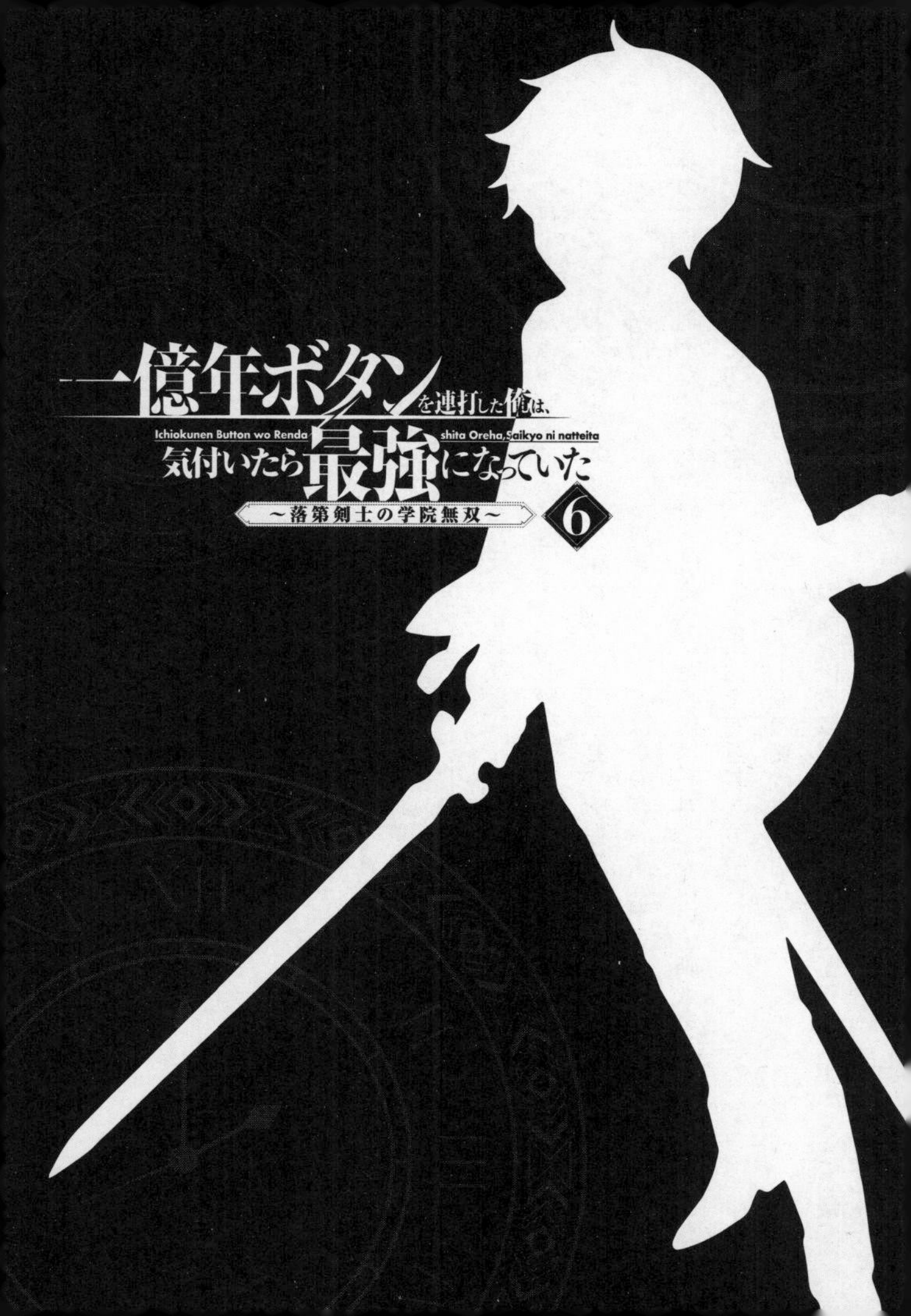

一：転校生とクリスマス

突如千刃学院《せんじん》へ転校してきたクロードさん。半年ぶりの再会は、『ドブ虫』という挨拶から始まった。

時間の流れが、俺への悪感情を膨らませてしまったらしい。

どう対応したものかと頭を悩ませていると――教室がにわかに騒がしくなった。

「レイア先生は『美少女剣士』って言っていたけど……。あれ、男の制服だよな？」

「男装の美少女……っ。きゃーっ、かっこいい……！」

男子は首を傾《かし》げ、女子は黄色い歓声を上げる。

クロードさんは、同性にモテるタイプらしい。

クラスがざわつく中、レイア先生はゴホンと咳払《せきばら》いをして、みんなの注目を集めた。

「――先の自己紹介にもあった通り、クロードはかの有名な『王立ヴェステリア学院』出身のエリート剣士だ。彼女の研ぎ澄まされた剣術は、君たちにいい刺激を与えてくれることだろう。互いに切磋琢磨《せっさたくま》し、短い学生生活を有意義なものにしてくれ」

先生は短く話をまとめた後、教室の端――俺の真後ろを指さす。

「クロードの座席なんだが、アレンの一つ後ろに用意しておいた。とりあえずのところは、あそこへ座っておいてくれ」

さすがはレイア先生、考え得る限り最悪の場所を指定した。

「ふっ……なるほど、悪くないな」

クロードさんはニヤリと笑みを浮かべ、俺の一つ後ろの席へ腰を下ろす。

（きょ、強烈な視線を感じる……っ）

わざわざ振り返らずとも、彼女がジィッと俺の背中を見つめていることがわかる。

「ちょっとクロード！　どうしてあなたが、千刃学院にいるの⁉」

騒ぎが一段落したところで、リアが素晴らしい質問をぶつけてくれた。

何故《なぜ》クロードさんが、ヴェステリア王国からリーンガード皇国《こうこく》へ渡り、この千刃学院へ転校してきたのか。

それについては、俺も気になっていたところだ。

（もしかして……今頃『あの件』を知ったのか？）

数か月前、リアは黒の組織の構成員ザク＝ボンバールとトール＝サモンズによって誘拐された。

リゼさんの情報提供もあって、なんとかリアの救出には成功したものの……一国の王女が攫《さら》われるという大事件。ヴェステリア王国からは、強い抗議があると予想された。

しかしどういうわけか、王国側は不気味なほどの沈黙を見せたのだ。

（あの事件を知ったグリス＝ヴェステリア陛下が、強引にリアを連れ戻しにきた。そう考えるのが、一番自然なんだろうけど……）

その場合、わざわざクロードさんを千刃学院へ『転校』させてきた意味がわからない。

そんな回りくどいことなんてせず、直接リアを連れて帰れば済むだけの話だ。

第一ヴェステリア王国は、『五大国』の一つに名を連ねる強国。まさか今になって、数か月前の事件を耳にしたとは思えない。

（うーん、考えれば考えるほどわからないな……。クロードさんは何をするために、千刃学院へ転校してきたんだ？　グリス陛下は、何を考えているんだ？）

俺が頭を悩ませていると——クロードさんは、躊躇《ため》らいがちに口を開く。

「私がここへ来た理由……それはもちろん、リア様の状態を確認するためでございます」

「……っ!?　そ、そう……ならいいわ」

今の回答で納得がいったのか、リアはすぐにその話を打ち切った。

（『リアの状態』って、なんのことだ？）

俺が小首を傾げていると、レイア先生がパンと手を打ち鳴らす。

「——さて、クロードの紹介も済んだところで、早速一限の授業を始めるぞ！　今日は基

礎的な筋力トレーニングだ！　特に下半身と持久力を重点的にしごいていくから、覚悟するように！」

それから俺たちA組の生徒は、一限の授業を受けるために校庭へ移動するのだった。

■

一限二限とぶっ通しで行われた筋力トレーニングの授業が終わり、俺はグッと体を伸ばす。

「ふう……やっぱり冬の修業はいいな」

火照《ほて》った体にひんやりとした風が当たって、最高に気持ちがいい。

「ふふっ、アレンったら……冬だけじゃないんでしょ？」

「ふっ、お前は修業の虫だからな」

リアとローズはそう言って、楽しそうに微笑《ほほえ》んだ。

「あはは、そうだな」

確かちょっと前にそんな話をしていたっけか……。

少し昔のことを思い出しながら、教室へ向かおうとしたそのとき、

「――ドブ虫よ、ようやく昼休憩になったな」

晴れやかな笑みを浮かべたクロードさんが、俺の肩をがっしりと掴《つか》んだ。

「え、えっと……お昼休みが、どうかしましたか？」

なんとなくだけど、嫌な予感がする。

「いやなに、一つ揉《も》んでやろうと思ってな」

「……と言いますと？」

「ふっ、みなまで言わせるな。前回の雪辱――ここで果たさせてもらうぞ！」

彼女は勢いよく剣を引き抜き、その切っ先をこちらへ向けた。

「……はぁ」

なんとなく予想していた展開ではあるけど、まさか放課後を待たず、お昼休みに仕掛けてくるなんて……気の早い人だ。

「おいおい、あの転校生マジか!?　いきなりアレンに喧嘩《けんか》を売ったぞ!?」

「あいつ、死ぬ気か!?　いくらなんでも、それは無茶だぜ……ッ」

「で、でも……！　クロードさんは、ヴェステリアで一番の剣術学院に通っていたのよ!?　もしかすると、もしかするかもしれないわ……！」

クラスのみんなは興味津々《きょうみしんしん》といった様子で、思い思いの考えを口にする。

(……困ったな)

はっきり言って、全く乗り気じゃない。

クロードさんと剣を交えることについては、かなり前向きなんだけど……いかんせん今は『時間帯』が悪い。

お昼休みには、生徒会の定例会議があるのだ。

(万が一、すっぽかしでもしてみろ……)

会長が子どものように拗《す》ねて、とても面倒なことになるだろう。

「あの、クロードさん。もしよろしければ、放課後に――」

「――駄目だ」

「……そう、ですか……」

全てを言い切る前に却下されてしまった。

意地でも逃さないつもりらしい。

「はぁ……わかりました。やりましょう」

仕方なくクロードさんの挑戦を受諾すると、

「――アレン、やり過ぎちゃ駄目よ？　大怪我《けが》をさせないよう、ちゃんと手加減してね？」

リアはとても心配そうに、クロードさんの身を案じた。

「そ、そう言われてもな……」

クロードさんは恐ろしく強い。

手を抜いて勝てるほど、生半可な相手じゃない。

「リア様⁉　この私がこんなドブ虫を相手に、二度も足を掬《すく》われるとお思いなのですか⁉」

「あ、あはは、やっぱりアレンは強いから、ね……？」

リアは苦笑いを浮かべながら、「ごめんね」と可愛《かわい》らしく謝った。

「くっ、貴様……またずいぶんとリア様を誑《たら》し込んだようだな……ッ」

「ちょっ、人聞きの悪いことを言わないでくださいよ⁉」

ただでさえ根も葉もない噂《うわさ》に悩まされているというのに……。

ヴェステリア王国の王女を誑し込んだ――そんな情報が流れれば、俺の評判はさらに悪化してしまう。

「……ドブ虫、貴様に決闘を申し込む！」

「なっ⁉」

模擬戦や試合ではなく――『決闘』。

それはすなわち、互いに条件を突き付け合って戦う、剣士の誇りを賭けた真剣勝負だ。

「もしも私が負けた場合、なんでも一つお前の言うことを聞いてやろう。ただし――お前が負けた場合、なんでも一つ私の命令を聞いてもらうぞ！」

「……念のために言っておきますが、『金輪際リアと関わるな』とか、そういう無茶な命令は聞けませんよ？」

「案ずるな。私の命令は、常識的に問題のない範疇《はんちゅう》のものだ」

どうやら彼女は、既に命令の内容を決めているようだ。

「……わかりました、いいでしょう」

俺がクロードさんとの決闘を受諾すると同時、

「ふっ、これで決闘成立だな……！　息吹《いぶ》け――無機の軍勢《アビオ・トゥループ》ッ！」

好戦的な笑みを浮かべた彼女は、いきなり魂装《こんそう》を展開した。

俺はそれに対し、素早く剣を引き抜き、正眼《せいがん》の構えで応じる。

(クロードさんと剣を交えてから、だいたい半年ぐらいになるのか……)

考えようによっては、これはいい機会かもしれないな。

この半年で俺がどれだけ強くなったのか、今ここで試させてもらおう。

「さぁ、行くぞ――アレン＝ロードル！」

「あぁ、来い！」

こうして俺とクロードさんの『決闘』が始まった。

■

抜身《ぬきみ》の剣を構えながら、互いに視線をぶつけ合う。

（……前回とは、少し違うな）

ヴェステリア王国の闘技場で戦った時、彼女は決闘の開始と同時に斬り掛かってきた。

しかし今回は、静観を決め込んでいる。

（クロードさんの攻撃的な性格から考えて、すぐに仕掛けてくると思ったんだけど……）

何か作戦があるのか、それとも戦闘スタイルを変えたのか。

そんなことを考えていると――彼女は額に汗を浮かばせながら、重たい口を開く。

「き、貴様……。少し見ない間に、かなり腕を上げたようだな……っ」

「そうですか？　ありがとうございます」

まさかクロードさんに褒められるなんて、珍しいこともあるものだ。

「……想定をはるかに上回る、か……。接近戦では分が悪そうだな」

彼女は小声で何かを呟《つぶや》いた後、得物を素早く三度振るい、校庭の土を斬り付けた。

すると――そこから青白い光を放つ紋章が浮かび上がる。

校庭の土はみるみるうちに形を変えていき、

「チーチチチチッ！」

「グワァーッ！」

「フロロロロロロ……ッ！」

握りこぶし大の燕《つばめ》と烏《からす》、そして酒樽《さかだる》ほどの大きな梟《ふくろう》へと変貌を遂げた。

燕と烏はクロードさんの肩へ止まり、大きな梟は天高くへ飛び上がる。

（……出たな）

斬り付けた無機物を爆弾に変化させ、それを自由自在に操作する――クロードさんの魂装〈無機の軍勢〉が誇る恐ろしい能力だ。

半年前は、ずいぶんとあれに苦しめられた。

「ふっ、あのときと同じだと思っているのならば……痛い目を見るぞ？」

彼女が自信に満ちた表情で長刀を振るえば、

「――チーチチチチチチチッ！」

燕は明後日《あさって》の方角へ優雅に飛び、ゆっくりと校庭へ降り立った。

その瞬間――凄《すさ》まじい爆発音が轟《とどろ》き、地面に巨大なクレーターが生まれる。

「なっ⁉」

今の爆発は、かつての『梟』クラスの威力があった。

（前回戦ったときとは比較にならないほど、出力が大きく向上している……っ。そうなる

と、アレには最大限の注意を払わないとな）

クロードさんを視界の端に捉えつつ、上空に浮かぶ巨大な梟へ目を向ける。

握りこぶしサイズの燕ですら、あれほどの威力を秘めていたんだ。それが酒樽サイズの梟ともなれば、想像を絶する大爆発になるだろう。

「ふふっ、驚いたか？」

「はい。まさかあの小さな燕が、ここまでの威力を秘めているとは……。この短期間で、大きく腕を上げましたね」

「くっ、当然だ。あの日、貴様に負けてからというもの……私は毎日毎日、地獄のような修業を積んできたのだからな！」

彼女はさらに校庭の土を斬り付け、

「「「チーチチチチッ！」」」

「「「グワァー、グワァーッ！」」」

燕と梟を十羽《わ》ずつ、合計二十の爆弾を生み出した。

（……数も増えたのか）

以前戦ったとき、同時に展開できる爆弾は、十羽かそこらだったはず。

（それが一度に二十羽、か……）

本当に恐ろしいほどの成長具合だ。

「どうした、驚きのあまり声も出ないか？　ならば、そのまま黙って吹き飛ぶがいい！

——さぁ、踊れ！」

クロードさんの号令に応じ、二十の爆弾がこちらへ殺到する。

（……速いな）

さえずる鳥たちは驚異的な速度で飛来し、気付けば、目と鼻の先にまで迫っていた。

「——爆《は》ぜろ！」

まばゆい光が視界を埋め尽くし、強烈な大爆発が巻き起こる。

大量の砂埃《すなぼこり》が舞い上がり、一瞬の静寂が場を支配した。

「ふっ、手応えありだ……！」

勝利を確信した彼女の声。

「さ、さすがに今のはやべぇんじゃねぇか……!?」

「あんなの食らったら、跡形も残らねぇぞ……っ」

「お、おいアレン……。生きてる、よな……？」

クラスのみんなの不安げな声。

「——あぁ、もちろんだよ」

俺はそれに短く答え、その証拠とばかりに闇で砂埃を蹴散らしてみせた。

「馬鹿、な……ッ」

クロードさんは驚愕《きょうがく》に目を見開き、一歩後ずさる。

「さすがはクロードさん。威力・数・速度、全てが段違いでした。ですが、俺だって少しは成長しているんですよ？」

闇の衣の出力は、〈無機の軍勢〉の燕と烏を大きく上回っていた。

燕と烏の爆破ならば、何百発・何千発と食らおうが、なんの問題もないだろう。

「今の大爆発を受けて無傷だと……っ。くそ……いったいなんなのだ、その禍々《まがまが》しい力は⁉」

彼女はそう言って、俺の全身を覆う闇の衣を指差した。

「そう言えば……クロードさんに見せるのは、これが初めてでしたね」

こちらだけが一方的に相手の能力を知っているというのは、公平な決闘の場においてふさわしくないだろう。

「俺の力は――『闇』。主な能力は、肉体強化・回復・闇の操作などです。みんなを守れたり、傷を治せたり……こう見えて、けっこう優しい力なんですよ？」

「まさか貴様……魂装を⁉」

「はい。と言ってもまぁ、つい先日発現したばかりで、まだ使い方を覚えている途中ですけどね」

俺はそこで会話を打ち切り、闇の出力を上げていく。

全身から立ち昇る闇は光を遮り、校庭に大きな影を落とした。

「次はこちらから行きますよ？　──闇の影《ダーク・シャドウ》」

俺が右手を正面にかざせば、深淵《しんえん》のような闇が校庭を這《は》いずり回り、クロードさんのもとへ殺到する。

（……おかしいぞ）

魂装を発現してから、『闇の性質』が少し変わった。

なんというか……さっきクロードさんが言ったように、『禍々しい感じ』がするのだ。

（やっぱり、どんどんアイツに近付いてないか……？）

最初はそう……恐ろしく丈夫なこの体。

その後は突然、白黒入り交じった髪。

そして今──禍々しく邪悪なこの闇。

少しずつだけれど、俺は確実にアイツへ近付いている。

それが果たしてよいことなのか、悪いことなのかは……正直見当もつかない。

（今度それとなく、レイア先生に聞いてみようかな）

俺がぼんやりそんなことを考えていると、

「くっ、舐《な》めるなぁ……！」

クロードさんは天高く飛び上がり、自身と入れ替わるようにして、上空の『梟』を落下させた。

「フロロロロロロロ……ッ！」

梟は下方へ向けて爆発し、迫り来る闇の影《ダーク・シャドウ》を払いのける。

（爆発に『指向性』を持たせられるようになったのか……。しかし、一撃で闇の影を吹き飛ばすあの威力、やはり最も警戒すべきは梟だな）

いくら闇の衣を纏《まと》っているとはいえ、あれほどの大爆発を食らえば、かなりのダメージを負ってしまうだろう。

「ドブ虫、得意の剣術はどうした！　いい加減、本気で来い！」

クロードさんは次弾の梟を展開しながら、不機嫌そうな顔でキッとこちらを睨《にら》み付けた。

闇の影《ダーク・シャドウ》を放った直後、俺が追撃を仕掛けなかったことに対して、怒っているようだ。

「わかりました。それでは、行きますよ？」

俺は剣を鞘《さや》に収め、重心を落とす。

（燕と鳥は闇の衣で無力化できる。問題はあの梟をどう処理するか、だな）

前回は決死の覚悟で大爆発の中に飛び込み、彼女の意表を突くことで勝利を収めたのだが……。

（俺が丈夫な体を活かして、爆発の中へ飛び込んだとしても……今回はもうクロードさんの意表を突けない。おそらくは『バックステップを踏む』などの冷静な一手を打たれ、簡単に対処されてしまうだろう）

それならば、彼女が反応できないほどの――梟の迎撃が間に合わないほどの超スピードで詰めればいい。

（やれるかどうかはわからないけど、試してみる価値は十分にある……！）

両の足でしっかりと校庭を踏みしめ、大地を蹴り付けた次の瞬間――俺は既にクロードさんの目と鼻の先にいた。

「な、ぁ……っ!?」

必殺の間合いへ踏み込まれた彼女は、驚愕に目を見開く。

「は、覇王流《はおう》――剛撃《ごうげき》ッ！」

咄嗟《とっさ》に繰り出された袈裟《けさ》斬り。

俺はそれを素早く回避し、クロードさんの背後を取った。

「ぐっ、まだだ……！」

彼女は必死に食らいつく。

体をねじり、俺の姿を視界に入れ続けた。

（不屈の闘志、俺も見習わなくちゃな……）

クロードさんに失礼がないよう、最高最速の一撃を解き放つ。

「――瞬閃《しゅんせん》ッ！」

音を遥《はる》か後方へ置き去りにした神速の居合斬りは、

（速っ⁉　防御……無理だ。回避、間に合わな……死……ッ）

彼女の首元でピタリと止まる。

「――勝負あり。で、いいですよね？」

「………ぁあ、私の負けだ」

クロードさんの手から〈無機の軍勢〉が滑り落ち、勝敗が決した。

「ふう……」

クロード＝ストロガノフとの決闘に勝利した俺は、ホッと安堵《あんど》の息をこぼす。

「おつかれさま、アレン。それにしても凄《すご》い『闇』だったね……？」

「七の太刀《たち》――」

「実にいい決闘だったぞ。ところで……また少し速くなっていないか？」

リアとローズはそう言って、こちらへ駆け寄ってきた。

「多分だけど、魂装を発現したから……かな？」

〈暴食の覇鬼《ゼオン》〉を発現してからというもの、これまで以上にアイツの存在を身近に感じる。

かつて意識を集中させなければ操れなかった闇も、今ではまるで手足の如《ごと》く自由自在だ。

（しかし、こうなると難しいな……。この力は『何系統』に属するんだ……？）

一応、基本となる能力はシンプルな強化系だけど……。

その他に闇を自在に操る操作系の力もあれば、希少な回復系の力もある。汎用性が高過ぎて、『こういう能力だ』と言い切ることが難しい。

「ドブ虫……っ。それほどの力、この短期間でどうやって身に付けたのだ!?」

クロードさんはビッと指をさし、険しい顔で問い詰めてきた。

「『どうやって』と言われましても……。特別なことは、何もしていませんよ？」

俺が毎日こなしている修業は、千刃学院のみんなと同じ基礎的なものばかりだ。

「嘘《うそ》をつくな！　その圧倒的な身体能力に研ぎ澄まされた剣術……きっと何か『秘密』があるはずだ！」

「そう、ですね……」

もしも秘密があるとすれば……。

「誰よりも長く、素振りをしていることでしょうか？」

「す、素振りだと……？　なるほど、修業方法については意地でも口を割らないつもりか……っ」

「えー……」

意地でも口を割らないどころか、包み隠さず全て話したところなんだけど……。

今の回答では、納得してもらえなかったようだ。

「そんなことよりもクロード、決闘で交わした『あの約束』、どうするつもりなの……？」

リアは小首を傾《かし》げながら、そう問い掛けた。

あの約束――敗者はなんでも一つ、勝者の言うことを聞かなければならないという、決闘前の取り決めだ。

「申し訳ございません、リア様……」

「えっと、どうして私に謝るのかしら？」

「私の力が足りぬばかりに……っ。あなたを縛る『悪《あ》しき契約』を破棄することができませんでした……ッ」

クロードさんはギッと歯を食い縛り、深く深く頭を下げた。

(悪しき契約……？　あぁ、アレのことか……)

どうやら彼女は、俺とリアの『主従契約』を解消させようとしていたらしい。

(そう言えば、そんなのもあったなぁ……)

すっかり忘れていたけど、決闘によって結ばれた契約は絶対だ。

一応今でも俺はリアの主《あるじ》であり、リアは俺の奴隷という関係にある。

「も、もう、そんなこと別に気にしなくていいわよ……っ」

リアはわずかに頬を赤く染め、ぷいと明後日《あさって》の方角へ顔を向けた。

「な、ぁ……っ。あの忌々《いまいま》しい関係を受け入れてしまったのですか⁉」

盛大な勘違いを起こしたクロードさんは、顔を真っ青に染めて膝を突く。

「違うわよ！　だから、そうじゃなくて……っ。とにかく、あの件はもういいの！　そんなことより、あなたは自分の心配をしなさい！」

リアはそう言って、俺をクロードさんの前へ突き出した。

「えーっと……どうしましょうか？」

俺が頬を掻《か》きながら、クロードさんへ視線を向けると、

「くっ、ケダモノめ……っ」

彼女は両手で胸のあたりを隠し、一歩後ずさる。

「なんでも一つ、でしたよね？」

「あ、あぁ、そうだ！　常識の範囲内ならば、どんな命令でも聞いてやろう……っ。そう――常識の範囲内ならばな！」

クロードさんは頬を赤くしながら、『常識の範囲内ならば』というフレーズを前面に押し出した。

(彼女の目には、俺がそんな鬼畜な命令を下す男に映っているのだろうか……)

多分、映っているんだろうなぁ……。

心に小さな傷を負いながら、今の素直な気持ちを口にする。

「お願いしたいことは……特にないですね」

「な、にぃ……!?　この私にどんな命令でも下せるのだぞ!?　貴様のような獣欲《じゅうよく》の塊が……いったい何を企《たくら》んでいるというのだ!?」

「獣欲の塊じゃないですし、何も企んでいませんよ」

決闘の目的は、既に果たした。

俺は半年前より、ずっと強くなっていた。

毎日必死に素振りをしていることは、無駄じゃなかった。

それを知れただけで十分過ぎる成果であり、彼女にお願いしたいことは本当に何もない。

（この約束をなかったことにするため、取るに足らないお願いを口にした場合……「貴様の慈悲などいらん！」と怒鳴られるのが関の山だろう）

それならばいっそのこと、率直な気持ちを伝えた方がいい――俺はそう判断したのだ。

「今のところ、クロードさんにお願いしたいことはありませんね」

「くっ、わかった……。ならば、その矮小《わいしょう》な身に余る大きな権利を、後生大事に取っておくのだな！」

「あ、ありがとう、ございます……？」

多分、一生使う機会はないと思うけれど……もらえるものならばもらっておこう。

（世の中、何が起こるかわからないからな）

食べられるものは食べるし、もらえるものはもらっておく。これがゴザ村で学んだ、たくましい『雑草』の生き方だ。

「さて、会長たちも待っているだろうし、そろそろ生徒会室へ行こうか」

俺がそう提案すると、

「ええ、そうね」

「あぁ、そうしよう」

リアとローズはコクリと頷《うなず》き、

「……会長？」

クロードさんはコテンと小首を傾げるのだった。

■

一年Ａ組の教室に戻った俺たちは、それぞれのお弁当を持って生徒会室へ向かう。

転校初日のクロードさんを教室に置いていくわけにはいかないので、今回は彼女も一緒だ。

（まぁ定例会議と言っても、あれはただの『お昼ごはんの会』だしな。生徒会以外のメンバーがいても、特に問題はないだろう）

生徒会室の前に到着した俺が、部屋の扉をノックしてから入室すると、

「――おっそーいっ！　いったいどこで油を売っていたの⁉」

見るからに機嫌を損ねた会長が、ズンズンとこちらへ詰め寄ってきた。

「か、会長……っ。近い、近いですよ……！」

シャンプーのいいにおいが鼻腔《びこう》をくすぐり、少し鼓動が速くなる。

「今まで何をしていたのか、正直にお姉さんに話しなさい！　お昼休みが始まって、もう二十分も経《た》っているのよ！」

彼女はそう言って、頬を膨らませた。

その顔には『お姉さんらしさ』など一ミリもなく、どこからどう見ても拗《す》ねた子どもにしか見えない。

「すみません、ちょっと予定外のことがあったんですよ」

苦笑いを浮かべながら、そう答えると——会長はジト目でこちらを見つめた。

「具体的には？」

「あちらのクロードさんと剣を交えていました」

「……あら？　あなたは、クロード＝ストロガノフさんね」

会長はぱちくりとまばたきして、クロードさんのフルネームを口にした。

「はい。本日付けで王立ヴェステリア学院より千刃学院へ転校してきました、クロード＝ストロガノフです。シィ＝アークストリア殿・リリム＝ツオリーネ殿・ティリス＝マグダロート殿——生徒会の三剣士は、とても優秀だとレイアから聞いております。まだまだ未熟なこの身ではありますが、どうかよろしくお願いいたします」

彼女は柔らかい微笑《ほほえ》みを浮かべながら、礼儀正しくお辞儀をした後——「こちらはヴェステリア王国で親しまれている茶菓子です。みなさんで、お召し上がりください」と言って、ヴェステリアのお土産を手渡した。

「あらあら、これはご丁寧にどうも」

「ふっ、あの黒拳《こっけん》から認められるとは……リリム＝ツオリーネの名も、そろそろ『全国区』というわけだな！」

「ヴェステリアの茶菓子、めちゃくちゃ気になるんですけど」

三者三様の反応を見せた後、会長がゴホンと咳払《せきばら》いをする。

「クロードさん、生徒会へようこそ。あなたみたいに優秀な剣士は、いつでも大歓迎よ！　役職は確か、『庶務』でよかったのよね？」

「はい、よろしくお願いいたします」

レイア先生経由で話が通っていたのか、クロードさんは驚くほどスムーズに生徒会へ加入した。

その後、簡単な自己紹介を済ませた俺たちは、一緒にお昼ごはんを食べる。

クロードさんはとても人当たりがよく、初対面のローズや会長、さらにはちょっと癖のあるリリム先輩やティリス先輩とまで、一瞬にして打ち解けた。

この分だと、クラスにもすぐに溶け込むことだろう。

(ほんの少しでもいいから、その人当たりのよさを俺に向けてくれたらなぁ……)

そんなことを考えながら、リアの作ってくれたお弁当を食べていると、

「そう言えば……さっきアレンくんと剣を交えていたって聞いたのだけれど、どっちが勝

ったのかしら？」

可愛《かわい》らしいタコさんウィンナーを口にした会長が、小首を傾げてそう問い掛けた。

「……悔しいですが、全く歯が立ちませんでした」

クロードさんは絞り出すような声で答える。

それを聞いた会長は、わざとらしくため息をこぼし——こちらへジト目を向けた。

「はぁ……。アレンくんは、また女の子をいじめて遊んでいたの？」

「ひ、人聞きの悪いこと言わないでくださいよ……っ」

「ふふっ、ごめんなさい」

彼女はいたずらっ子のように微笑んだ後、すぐにクロードさんのフォローへ回る。

「大丈夫、そんなに落ち込むことはないわ。アレンくんは人間をやめちゃっているから、真っ正面から戦ったらまず勝てない——それが普通のことよ」

「彼はあんな優しい顔をして、ゴリッゴリの脳筋《のうきん》タイプだからな……。曲がり手や奇策を練らなきゃ、勝負にすらならないんだ」

「冗談を抜きにして、身体能力の差がえげつないんですけど」

会長の意見に対し、リリム先輩とティリス先輩が「うんうん」と頷く。

「確かに、先輩方の言う通りでした……っ」

先の決闘を思い出したのか、クロードさんは悔しそうにお箸を握り締めた。

「あ、あはは……っ」

どういう風に声を掛けたらいいものかと困った俺は、とりあえず苦笑いでその場をやり過ごす。

そんな風にみんなで一緒にお昼ごはんを食べながら、いろいろな話に花を咲かせていると、

「そっか、もう一年が終わっちゃうんだね……」

リアはどこか遠くを見つめながらポツリと呟《つぶや》いた。

「り、リア様……っ」

クロードさんは、何故《なぜ》か視線を落とす。

（……なんだ？）

二人の様子が気になったので、声を掛けようとしたそのとき、

「――ねぇ、アレンは今年一年どうだった？」

リアはいつも通りの明るい表情で、そう問い掛けてきた。

（一瞬、物憂《ものう》げな表情を浮かべていたようにも見えたけど……）

どうやらあれは、気のせいだったらしい。

「うーん、そうだな……。大変なこともあったけど、とてもいい一年だったよ」

思い返せば、本当にいろいろなことがあった。

(始まりはそう――『一億年ボタン』だ)

あの不思議な経験を契機にして、俺の人生は大きく変わった。

特に千刃学院へ入学してからの日々は、忙しくて騒がしくて慌ただしくて――とても充実している。

大五聖祭《だいごせいさい》に魔剣士活動、氷王《ひょうおう》学院との夏合宿に一年戦争。それから剣王祭《けんおうさい》に千刃祭、上級聖騎士の特別訓練生として国外遠征もこなした。

そして何より――リア・ローズ・クロードさん・シドーさん・イドラ、素晴らしい出会いがたくさんあった。

(長かったような、短かったような……)

とにかく、とても濃密な一年だった。

「そう言えば……アレンくんたちは、もう『プレゼント』の準備をした?」

会長は人差し指をピンと立てて、そんな話題を振ってきた。

「プレゼント、ですか?」

「あれ、まだ聞いていなかったかしら?」

お互いに首を傾《かし》げ合っていると――リリム先輩とティリス先輩が参加。

「シィ、一般告知は一週間後だぞ」

「一年生はまだ知らないんですけど……」

「あっ、そうだったわね！」

会長はパンと手を打ち鳴らし、とてもいい笑顔で説明を始める。

「実はね。千刃学院では、毎年十二月二十五日に全員参加の『クリスマスパーティ』が開かれるの！」

……あぁ、これは『ナニカ』あるやつだな。

あの会長が『普通のクリスマスパーティ』をこんなに楽しみにするはずがない。

「クリスマスパーティ、楽しそうですね！　どんなことをするんですか？」

「ふむ、実に興味深いな」

リアとローズはかなり乗り気な様子だ。

「千刃学院の大講堂に集まって、全校生徒でお食事会をするの。当日はみんなで持ち寄ったプレゼントの『大交換会』を開いたり、有名な音楽家の生演奏を聴いたり――とにかく毎年とっても盛り上がるのよ！」

ここまでの話を聞く限り、特におかしなところはない。規模の大きなクリスマスパーテイのように思えるのだが……果たして……。

「当日はお腹《なか》をペッコペコにしてくるといいぞ！　なんと言ったって、五つ星レストランの超有名シェフたちが、パーティ会場で調理してくれるからな！」

「立食形式で食べ放題なんですけど……！」

リリム先輩とティリス先輩がさらに説明を付け加えれば、

「た、食べ放題……！」

『花より団子』のリアは、キラキラと目を輝かせる。

「さすがは五学院、とても豪華なパーティなんですね」

「ふふっ、そうね。そ・れ・か・ら……最後にちょっとしたイベントもあるから、楽しみにしていてね？」

会長はとびっきりの笑みを浮かべながら、左目で器用にウインクをしてみせた。

（あぁなるほど、これか……）

彼女の本命は、その『ちょっとしたイベント』みたいだ。

「ちょっとしたイベントって、何をするんでしょうか？」

「ふふっ、それは当日になってからのお楽しみよ」

「そう、ですか」

この一年間、会長とは少なからず同じ時間を過ごしてきた。

そのおかげもあって、彼女の笑顔を見れば、心の内がなんとなくわかる。

悪巧みをしているときの笑顔。

悪戯《いたずら》をしているときの笑顔。

意地悪を言っているときの笑顔。

(……あれ、おかしいな……。会長の笑顔にあまりいい思い出がないぞ?)

まぁとにかく——彼女が笑っているときは、何か俺を困らせようとしている可能性が非常に高い。

クリスマスパーティには、気を引き締めて参加する必要があるだろう。

「そういうわけだから、みんな楽しみにしていてね!」

「そのうち詳細な情報が告知されると思うが、ちゃんとプレゼントの用意は忘れずにな!」

「基本的な進行は私たちがするから、安心してほしいんですけど……」

会長たちはそう言って、クリスマスパーティの話をまとめたのだった。

■

その後の数週間、とても充実した毎日を過ごすことができた。

日中は千刃学院でひたすら剣術を磨き、放課後は素振り部の活動に汗を流す。

素振り部も最近はずいぶんと規模が大きくなり、部員数はついに百人の大台超え。なんでもこれは、剣術部に次ぐ人数だそうだ。

これだけみんな素振りが好きなのだから、来年の千刃祭ではきっと『青空素振り教室』を開催できることだろう。

たまの休日には聖騎士協会オーレスト支部に顔を出し、上級聖騎士の訓練に参加させてもらった。

クラウンさんは「無理に参加しなくてもいいんすよ？　アレンさんたちに教えられることなんて、何もないんすから」と笑っていたが……。

一応俺は『上級聖騎士の特別訓練生』。

制度の趣旨から考えても、可能な限り訓練には参加した方がいいだろう。

そんな風に忙しいけれど、充実した毎日を送っていると、時間はあっという間に過ぎていき——いよいよ今日はクリスマス、十二月二十五日を迎えた。

学院の授業を終えた俺とリアは、一度寮に帰って荷物を置き、それぞれの準備を整える。

時刻は十七時、クリスマスパーティの開始まで後一時間だ。

「——ふんふふんふふーん」

奥の部屋からは、上機嫌なリアの鼻歌が聞こえてくる。

この日を心の底から楽しみにしていた彼女は、なんと今朝から何も食べていない。

おそらく、会場に用意されたありとあらゆる料理を食べ尽くすつもりなのだろう。

（しかし、全校生徒参加のクリスマスパーティ、か……）

会長が何を企《たくら》んでいるか不明なため、ちょっとした怖さはあるものの……。クラスのみんなと参加する盛大なパーティ、実はけっこう楽しみにしていたりする。

事前にオーレストの街で購入したプレゼントを鞄《かばん》に詰め、身支度を整えていると――。

「――じゃーん！　どうかな？」

サンタ帽子をかぶったリアが、ひょっこりと顔を覗《のぞ》かせた。

赤いふわふわの生地、先端にもこもこの白い毛玉がついたサンタ帽子をかぶった彼女は――控え目に言って、とても可愛らしい。

「うん、とてもよく似合っているよ」

「そ、そう？　……えへへ、ありがと」

彼女はほんのりと頬を赤く染めつつ、嬉《うれ》しそうに微笑《ほほえ》んだ。

「ねぇねぇ、アレンのも見せてよ！」

「あ、あぁ……」

リアに急《せ》かされた俺は、仕方なしにあるものをかぶった。

「ど、どうだ……？」

それは——二本の角がついたトナカイのかぶりものだ。

「ふふっ、可愛《かわい》いわね。とってもいい感じよ」

「そう、かな……？」

姿見で再度自分の姿を確認。

（いやぁ、これは……）

千刃学院のかっこいい制服と可愛らしいトナカイの角。

正直、ミスマッチと言わざるを得ない。

（男子も女子と同じサンタ帽子でいいのに、どうしてわざわざ男女で分けるのか……）

トナカイのかぶりものとサンタ帽子は、千刃学院から全生徒へ配布された衣装だ。

クリスマスパーティの参加者は、全員着用必須——所謂《いわゆる》『ドレスコード』のようなものらしい。

（ちょっと……いや、かなり恥ずかしいけど……）

リアと一緒にクリスマスパーティに参加するためだ。ここは我慢するしかない。

その後、二人で忘れ物チェックを済ませた俺たちは、

「──それじゃ行こうか」

「うん！」

パーティ会場である千刃学院の大講堂へ向かうのだった。

■

大講堂の入場口は、角を生やした男子生徒とサンタ帽子をかぶった女子生徒で溢《あふ》れていた。

「受付は……こっちだ、リア」

「あっ、うん……！」

人波に飲まれないよう彼女の手を引き、受付の簡易テントへ向かう。

四つある列の一つに並び、五分ほど待ったところで順番が回ってきた。

「──学生証とプレゼントのご提示をお願いします」

受付の女性に言われた通り、学生証と持参したプレゼントを机の上に載せる。

「ありがとうございます。アレン＝ロードルさんにリア＝ヴェステリアさんですね。それでは、こちらの名札をつけさせていただきます」

彼女はそう言って、俺の頭にあるトナカイのかぶりものとリアのサンタ帽子に小さな名札を付けた。蝶々《ちょうちょう》の模様があしらわれた、お洒落《しゃれ》なものだ。

「これには個人を識別するための番号が振られており、会場での本人証明や再入場の際に確認させていただく場合があるため、紛失なさらないようご注意ください。またプレゼントにつきましては、こちらで回収させていただきます。パーティの途中に『大交換会』が開かれますので、そのときをお楽しみにしていてください。──それでは、メリークリスマス！」

テキパキと手続きを済ませた彼女は、カランカランと手持ちのベルを鳴らした。

「メリークリスマス」

「メリークリスマス！」

受付を済ませた俺たちは、人の流れに沿って大講堂の中へ入る。

するとそこには──煌《きら》びやかなパーティ会場が広がっていた。

広大な室内で最も目を引くのは、豪華絢爛《ごうかけんらん》なクリスマスツリー。雪を表現した真綿・カラフルに輝く綺麗《きれい》な電飾・頂点で存在感を放つ大きな星──これまで見た中で、間違いなく一番豪華なツリーだ。

その他にも金色のクリスマスベル・鮮やかなリボン・ハートの形をした風船など、様々な装飾品がパーティ会場を彩《いろど》り、天井から吊《つ》るされた荘厳《そうごん》なシャンデリアが温かい空気を演出していた。

「これは凄《すご》いな」

「うわぁ、綺麗……！」

俺とリアが、楽しそうな雰囲気に包まれた会場を見回していると、

「――アレンくん、リアさん、いらっしゃい」

可愛らしいサンタコスチュームに身を包んだ会長が、会場の奥からゆっくりとこちらへ歩いてきた。

「うわぁ……可愛らしい衣装ですね！」

「とてもお似合いだと思います」

リアの意見に追従して、俺は率直な感想を述べた。

会長の赤と白の可愛らしい装《よそお》いは、お世辞を抜きにして本当によく似合っている。

「ありがと。リアさんのサンタ帽子姿もとても可愛いわね。それから……ふふっ、アレンくんもよく似合っているわよ？」

彼女は視線を上にあげ、少し冗談めかしてクスリと微笑んだ。

「あ、あはは、複雑な気持ちですね……」

トナカイの角が似合っていると言われて、素直に喜ぶことができる人は少ないだろう。

「あはは、冗談よ。それじゃ私はまだ準備があるから、後でお話ししましょうね」

会長はそう言って、大講堂の奥へ消えていった。

(……意外と普通だったな)

彼女はごく自然体だった。

さっきの瞬間だけを切り取ってみれば、何かを仕掛けてくるようには全然見えない。

(……いや、油断は禁物だ)

相手はあの『小悪魔』シィ＝アークストリア。

ほんのわずかな油断が、大きな面倒ごとに繋《つな》がってしまう。

そうして気を引き締め直していると、

「――アレン、リア。メリークリスマス、だな」

サンタ帽子をかぶったローズが、俺の肩をポンと叩《たた》いた。

「メリークリスマス、ローズ」

「メリークリスマス！」

俺たちが軽い挨拶を交わしていると、

「……っと」

俺の背中に誰かがぶつかってきた。

それはサンタ帽子をかぶったクロードさんだ。

「ふん、なよなよしい鹿がいるかと思えば……。なんだ、ドブ虫ではないか」

わざとらしくぶつかった彼女は、早速悪態をついてきた。

まぁ似合っていないのは事実だから、そう言われても仕方ない。

「クロードさんのサンタ帽子は、可愛らしくてよく似合っていますね」

「……っ⁉　ど、ドブ虫風情《ふぜい》が『可愛らしい』などと、ふざけたことを言うな……！　その鹿の角、叩き斬るぞ！」

彼女はわずかに頬を赤くしながら、鋭い目付きでこちらを睨《にら》んだ。

「――こら！　いい加減にしなさい、クロード！　これは鹿の角じゃなくて、トナカイの角よ！」

リアは我慢ならないといった風に注意を飛ばす。

（気持ちは嬉しいけど、そこじゃない）

主に『ドブ虫』あたりを注意してくれると助かる。

「も、申し訳ございませんリア様……っ」

俺たちがそんないつも通りの会話をしていると――会場の明かりが落ちた。

その直後、大講堂の最奥《さいおう》にある舞台へ明るい照明が集中する。

そこに立っていたのは、サンタコスチュームの会長だ。

「みなさん、今日は楽しいクリスマス！　何もかも忘れて、目一杯楽しみましょう！　――メリークリスマスッ！」

「「「メリークリスマス！」」」

会長がクリスマスパーティの開始を告げると同時、たくさんの料理が一斉に運び込まれてきた。

お肉や魚介類の料理に野菜の盛り合わせ、透き通るようなスープに瑞々《みずみず》しい果物、その他にも名前すらわからない高級感溢れる料理が目白押しだ。

（いいにおいだなぁ）

食欲をそそるかおりが、あちらこちらから押し寄せてくる。

（でも、こんなおいしそうな料理を一気に運び込んだら、人が殺到するんじゃないか……？）

一歩引いて周囲を見回すと――生徒たちはみんな、落ち着き払った様子だった。

友達と談笑する者・飲み物を頼む者・控え目に料理を皿に盛り付ける者、とても穏やかで温かい時間が流れており、俺の予想した騒動なんてどこにもなかった。

（……考えてみれば、当然のことか）

ここにいる人たちはみんな、貴族や良家の生まれ。こういった立食形式のパーティには、慣れているんだろう。
なんというか『経験値の差』のようなものを感じた。
そんな中、
「――き、来たわよ、アレン！　なくならないうちに、早く食べましょう！」
この場で最も格の高い『王女様』は、目の前の料理に興奮を隠せない様子だった。
普段と全く変わらないリアを見ていると、なんだかとても気が楽になる。
「ふふっ。あぁ、行こうか」
早足で進む彼女の後ろに続き、テーブルに重ねられた取り皿を一枚手に取る。
（ず、ずいぶんと高そうな皿だな……）
鏡のようにピカピカのそれには、縁のあたりに金色の唐草模様《からくさもよう》が描かれていた。
こういったものの価値はよくわからないけど、きっととんでもなく高いに違いない。
（間違っても落とさないようにしないとな……っ）
それから俺は少し緊張しながら、主菜と副菜をバランスよく取り皿へ載せていく。
リアはラムザックにお肉など、かなり重ためのものを。
ローズは果実や甘いデザート類を中心に、自分の好きなものを。
クロードさんは慣れた手つきで、ひたすらお肉ばかりを取っていた。

皿一枚とってみても、それぞれの個性が出るものだ。

料理を取り終えた俺たちは人の少ない場所に集まり、思い思いの品に舌鼓《したつづみ》を打つ。

「これは……かなり鮮度のいい野菜だな！　凄い旨味《うまみ》だ！」

「んー……っ！　やっぱりラムザックは最高ね！」

「このアイス、ほどよい甘さがたまらんぞ！」

「ほう、悪くない肉だな」

そうしてみんなで料理を楽しんでいると、上品なオーケストラが聞こえてきた。

舞台の上で、大勢の音楽家たちが多種多様な楽器を奏《かな》でているのだ。

「これは……リーヴェスハイヴ交響曲の第四楽章ね」

ほんの少し前奏を耳にしただけで、リアは曲名をすらすらと述べた。

「へぇ、詳しいのか？」

俺がそう問い掛けると、

「ふっ、当然だ！　リア様は古今東西ありとあらゆる教養を身に付けた才女だからな！」

横から割り込んできたクロードさんが、鼻高々に胸を張った。

主君を褒められたからか、とても嬉《うれ》しそうだ。

その後、オーレストでも有名なバンドの生演奏を聴きながらの雑談、超巨大なクリスマスケーキの登場、リアが食べ尽くした料理の緊急追加などなど、様々なことがあって本当に楽しい時間が流れた。

パーティ開始から一時間が経過した頃、

「――それではみなさんお待ちかね、『大交換会』を始めましょうか！」

大講堂最奥の舞台へ上がった会長は、高らかに宣言した。

それと同時に、彼女の背後にある暗幕がゆっくりと上がり、たくさんのプレゼントが姿を見せる。

おそらくあれらは、俺たちが持参したものだろう。

「しかし、凄い量だな……」

一学年は百八十人、つまり全校生徒五百四十人分のプレゼント。

（大交換会とは言うけど、どうやって割り振るつもりなんだろう……？）

あれを一つ一つ配るとなれば、相当な時間が掛かってしまう。

「まずは一年Ａ組のみなさん、舞台前へ集合してください」

会長のよく通る綺麗な声が会場に響いた。

「俺たちのクラスか」

「ふふっ、どんなプレゼントが当たるか楽しみね！」

「あぁ、そうだな」

リアとそんな話をしながら、舞台の方へ向かう。

舞台前には『抽選箱』と書かれた、十個の箱が置かれてあった。

「各抽選箱には、数字の書かれた『くじ』が入っています。その数字と同じ番号のプレゼントが、みなさんのものになります」

よくよく見れば、舞台上に並べられたプレゼントには、小さな番号札が貼られている。

「なるほど、完全にランダムというわけね」

「あぁ、そうみたいだな」

俺たち一年A組の生徒たちは、抽選箱からくじを引いていく。

俺の引いた番号は四十一番だ。

「――A組のみなさん、くじを引き終わりましたね？　それではそのくじを頭上に掲げてください」

会長の指示通り、引いたくじを頭上に掲げると――三十個のプレゼントが宙を舞った。

「「おぉーっ!?」」

これは……操作系の魂装だ。

周囲を見回せば、舞台袖で細剣を握っている女生徒の姿が目に入った。

どうやら、彼女が能力を発動しているようだ。

「……っと、これが俺のか」

『四十一』の札が貼られたプレゼントをキャッチした直後、ちょっとした違和感を覚える。

（あれ、この包み箱は……？）

少し見覚えのあるものだった。

（とりあえず開けてみるか）

丁寧に包装を外していき、ゆっくり箱を開けると――手乗りサイズの黄色いぬいぐるみがあった。

（なんというか、絶妙に不細工な感じだな）

おそらくはトラのぬいぐるみ……いや、キツネ？

（これが巷《ちまた》で言う『ブサカワイイ』というやつなんだろうか……？）

なんとも言えない複雑な思いを抱きつつ、手元のぬいぐるみを見つめていると、

「ねぇ、もしかしてこれ……アレンのプレゼント？」

木刀を手にしたリアが、小首を傾《かし》げながらそう言った。

「それは……間違いないな。俺の買った木刀だ」

はっきりとそう断言できた理由は、彼女の足元に置かれた包み箱。

あれは世界で一つしかない、俺が自分で作った包み箱である。

木刀を購入した際に「プレゼント梱包《こんぽう》できますか？」と聞いたが、「さ、さすがにそれはちょっと……」と断られてしまったので、仕方なく自作することにしたのだ。

「あはは、やっぱり！　プレゼントに木刀を選ぶ人なんて、アレンぐらいしかいないもん」

「そ、そうか……？」

これは褒められているのだろうか？

「ありがとう、大事にするわね！」

彼女はそう言って、嬉しそうに木刀を眺めた。

気に入ってくれたようで何よりだ。

「あぁ、そうしてくれると嬉しい。後……もしかしてなんだけど、これはリアのプレゼントか？」

先ほど手に入れた奇妙なぬいぐるみを見せた。

一般とはひどく乖離《かいり》した独特なセンス、行きしなにリアが持っていたのと同じ包み箱……おそらく彼女のプレゼントだと思われる。

「あっ、私のクマだ！」

「……クマ？」

「プレゼント探しのときに見つけた、クマのぬいぐるみ。可愛《かわい》いでしょ？」

「あ、あぁ……」

この黄色い不細工なのは、クマだったのか……。

俺がまじまじと手元のぬいぐるみを見つめていると、

「でもよくわかったわね？　これが私の選んだプレゼントだって」

リアは不思議そうに小首を傾げた。

「あぁ、こんな不細《ぶさい》……ゴホン。特徴的なぬいぐるみを選ぶのは、リアぐらいしか心当たりがないからな」

「ふふっ、いいプレゼントでしょ？」

「あぁ、ありがとう。大事にするよ」

どう見ても部屋の景観を損ねる一品だが……リアからのプレゼントとなれば話は別だ。

自室の一番目立つところに飾らせてもらうとしよう。

「しかし、凄《すご》い確率だな」

全校生徒五百四十人の中で、偶然にもプレゼントを交換し合うなんて……とんでもない確率だ。

「ふふっ、ほんとだね」

リアはそう言って、とても嬉しそうにはにかんだ。

無事に大交換会を終えた俺たちは、ローズやクロードさんたちとプレゼントの見せ合いっこをして、さらに盛り上がったのだった。

■

時計の針が二十時を指したところで、先ほどから忙しそうにあちらこちらへ動いていた会長が再び壇上へ登る。

「ゴホン——さて、みなさん！　大交換会も無事に終わり、いい感じに空気も温まってきましたので——これより本日のメインイベント！　毎年恒例『ドキドキ⁉　カップリング大合戦！』を開催したいと思いまーす！」

彼女がそう宣言した次の瞬間、

「いよっしゃぁあああ！　ついにこのときが来たぜ！」

「あ、アレンくんはやっぱり人気、だよね……っ」

「何を弱気なこと言ってんのよ！　女は度胸！　当たって砕けちまいな！」

「うぅ、砕けたくないなぁ……っ」

「へっ、俺はリア様に行くぜ！　このほとばしる想《おも》いは、もう誰にも止められねぇ

「うわぁ、多分それ一番難易度と死亡率が高《たけ》ぇやつだぞ……。精々アレンにぶっ殺されねぇようにな……」

「……！」

二年生と三年生が、突如として色めきだった。

「ど、ドキドキ……？　カップリング……？」

「なんだそれ……？」

状況が摑《つか》めていないのは、俺たち一年生だけのようだ。

（会長はさっき『毎年恒例』と言っていたから……多分このイベントは、昨年も開催されたんだろうな）

そのため上級生たちだけが盛り上がり、一年生が困惑する現状が生まれたのだ。

（それにしても、どんなイベントなんだろう？）

思考を巡らせていると、たまたま会長と目が合った。

こちらに気付いた彼女は、とてもいい笑顔で小さく左右に手を振る。

（あぁ、なるほど……これか）

『ドキドキ⁉　カップリング大合戦！』とやらが、彼女の『本命』らしい。

（今思えば、会長はこのパーティ中、ずっと忙しそうに動いていたっけか……）

他の生徒会メンバー、リリム先輩とティリス先輩の姿もまったく目にしていない。

おそらく……みんながクリスマスパーティに興じている裏で、このイベントに関係するなんらかの『仕掛け』をしていたのだろう。

(参加するしかない、よなぁ……)

これは学校行事だし、何より会長たちが入念に準備してきたものだ。

参加を拒否すれば、それこそとんでもなく面倒なことになるだろう。

(……時刻は夜の二十時。時間的にも、これがクリスマスパーティ最後のイベントだな)

楽しい聖夜の終わりは、きちんと締めなくてはいけない。

(ふぅー……やるか)

俺は体をグッと伸ばし、『ドキドキ!? カップリング大合戦!』に臨むのだった。

■

会長は不敵な笑みをたたえながら、『ドキドキ!? カップリング大合戦!』のルール説明を始める。

「ルールは簡単。男子は女子のサンタ帽子を、女子は男子のトナカイの角を狙ってください! そして互いのかぶりものを交換した男女は——なんと、強制的に『恋人同士』になります!」

「なっ⁉」

彼女はさらりととんでもないことを言った。

「制限時間は一時間、舞台はこの千刃学院全域！　魂装の使用、多人数での協力、情報の共有、なんでもありの大合戦！　もちろんこれは学院の伝統行事ですから、参加の辞退は認められません！」

相変わらず、千刃学院の行事はどれもぶっ飛んでいる。

（とにかく、リアのサンタ帽子だけは死守しないと……っ）

俺が彼女を隠すようにして一歩前に出ると、

「――最後に一つ、大事なお知らせがあります！　一年A組アレン＝ロードルのかぶりものを持って来た『部』には、生徒会執行部の全活動予算を差し上げます！」

「か、会長⁉」

次の瞬間、数多《あまた》の視線がこちらに向けられた。

そのほとんどは、剣術部の人たちだ。

彼らは五月の部費戦争で早々に敗退したため、非常に苦しい予算をなんとかやり繰りしていると聞く。

生徒会執行部の予算という『極上の景品』を前にして、目がくらんでいるようだ。

「会長、ちょっと待ってください！　さすがにそれは、俺が不利過ぎ――」

「――それでは『ドキドキ!?　カップリング大合戦！』スタート！」

俺の発言を遮って、彼女の楽しそうな声が大講堂に響き渡る。

直後、

「あの悪魔の提案に乗るのは癪《しゃく》だが、これは千載一遇の好機……！　剣術部存続のため、ここで斬らせてもらうぞ！　アレン＝ロードル！」

「ふっふっふっ！　新勧のときの『リベンジマッチ』と行こうか、アレンくん！」

剣術部部長のジャン＝バエル、副部長のシルティ＝ローゼット――二人を先頭にした剣術部の集団が、素早く取り囲んできた。

（お、多いな……っ）

その数は軽く百を超え、今なお増え続けている。

俺はすぐに剣を引き抜き、正眼《せいがん》の構えを取りつつ、リアたちの方へ目を向ける。

「り、リアさん！　あなたのサンタ帽子は、俺がいただきます！」

「いやよ！　絶対に渡さないわ！」

リアのもとには多くの男子生徒が、

「ローズさん、ぜひ俺と一戦お願いします！」

「ふむ、面白い……。取れるものなら、取ってみろ！」

ローズのもとにも同じく多数の男子生徒が、

「く、クロードさん！　ぜひ、私とお付き合いしてください！」

「ちょっと待て！　私は女だぞ⁉」

クロードさんのところには、何故《なぜ》か大勢の女生徒が押し寄せていた。

リア、ローズ、クロードさん、それぞれのもとへおよそ三十人。

俺のところへは、軽く百人以上。

さらに他所《よそ》では、既にいくつもの剣戟《けんげき》が始まっていた。

（さっきまでの穏やかなクリスマスパーティはどこへやら、だな……）

気が付けば、あっという間にいつもの騒がしい千刃学院だ。

（とりあえず、大講堂での戦闘はマズい。すぐにでも場所を変えないとな）

遮蔽物《しゃへいぶつ》の多いここでは、視線が通らず、死角から奇襲を受ける危険性が高い。

（それに何より、今回は勝利条件が特殊だ）

たとえ戦況を有利に進めていても、トナカイの角を取られたら即敗北。

混戦に持ち込まれないためにも、視界の開けた外で戦うべきだろう。

「――リア・ローズ・クロードさん、俺は外へ行きます！」

「ええ、わかったわ！」

「承知した」

「ふんっ、閉所の不利は知っているようだな」

三者三様の返事があり、それぞれの戦いが始まった。

俺は迫り来る剣術部を斬り払いながら、大講堂の出口へ走り——外へ出る直前、大声を張り上げる。

「——リア、絶対にサンタ帽子は取られないでくれよ！」

正直ちょっと恥ずかしかったけど、どうしても叫ばずにはいられなかったのだ。

「……！　うん、任せて！」

リアの心強い返事を受けた俺は、すぐに大講堂を飛び出す。

「くっ、追うぞ！」

「「はいっ！」」

■

大講堂から校庭へ移動した俺は、正眼の構えを取る。

（よしよし……ここなら三百六十度、全方位の視界が確保されている）

多人数を相手するのに、これ以上の場所はないだろう。

（それにしても、凄い光景だな……）

周囲を取り囲むは、百人を超える剣術部の剣士。

彼らの手には魂装が握られており、油断なくこちらを見据えている。

そんな中、部長のジャンさんが大声をあげた。

「いいか、敵はあのアレン＝ロードル――我らが束になろうと、勝てる相手ではない！　間違っても、倒そうなどとは思うな！　狙いはただ一つ、奴の頭にあるトナカイの角だ！」

「「「承知！」」」

端《はな》から真っ向勝負を捨て、頭のかぶりものにターゲットを絞った作戦……ちょっと厄介だ。

「俺とシルティが奴の『闇』を抑える！　その間にお前らは、なんとしても角を奪い取れ！」

「「「はっ！」」」

素早く作戦の伝達を終えたジャンさんは、不敵な笑みを浮かべながら、こちらへ切っ先を向けた。

「卑怯《ひきょう》とは言ってくれるなよ？」

「ええ、もちろんです」

この戦いは乱戦を想定したものだ。

ルール的に問題のない行為を咎《とが》めるつもりはない。

「アレン＝ロードルは、強力無比な闇を同時に『四本』も操る。シルティ、二本は任せたぞ？」

「了解！」

作戦会議を終えたジャンさんとシルティさんは、ほとんど同時に駆け出した。

「行くぞ、アレン！　連牙流《れんがりゅう》――十連刃《じゅうれんじん》ッ！」

「今回は、負けないよ！　円心流《えんしんりゅう》――火の円ッ！」

目にも留まらぬ十連撃と烈火の如《ごと》く鋭い突き。

俺はそれに対し、闇の衣を展開した。

「噂《うわさ》に聞く『闇の防御』か、想定以上に固いな……ッ」

「全身の即時防御って、ズルくない⁉」

二人の攻撃を完璧に防いだところで、反撃の一手を打つ。

「――闇の影《ダーク・シャドウ》」

巨大な闇から枝分かれした『十本の触手』、それらはまるで生きているかのように脈動し、ジャンさんとシルティさんに照準を合わせた。

「出た、な……!?」

「ちょ、ちょっとこれ多くないかぃ……!?」

ジャンさんとシルティさんをはじめとした剣術部の方々は、この異様な闇を見て一歩たじろいだ。

「つい最近、一度に操れる本数が四本から十本へ増えたんですよ。――卑怯とは言わないでくださいね?」

「ぐ……っ、相手はまだ一年だ! 上級生としての意地とプライドを持ち――総員、突撃せよ!」

「「「うぉおおおおおおおおっ!」」」

ジャンさんの号令を合図にして、百人を超える剣術部が、一丸となって襲い掛かってきた。

それから数分後、

「かすり傷一つ、つけられんとは……っ」

「は、はは……強過ぎ、でしょ……ッ」

月明かりに照らされた校庭には、息も絶え絶えとなった剣術部のみなさんが倒れていた。

「やっぱり大勢を相手にするときは、闇の影《ダーク・シャドウ》が一番だな」

十本の闇を操作した結果、一度も剣を振るうことなく、勝つことができたのだ。

剣術部という『第一陣』を突破した直後――『第二陣』とばかりに、三人の女生徒が姿を現す。

「さ、三年D組リーナ＝ハッシュヴァルトです！　アレンくん……ずっと前から好きでした！　付き合ってください！」

「二年B組ファーラ＝サリティアです！　強くて優しいところとかっこいい闇の力が大好きなので……その……か、彼女にしてください……っ」

「二年A組シャディ＝スート。ただひたむきに素振りをしている姿に惚《ほ》れた。誠実なお付き合いを申し込む」

頬を赤く染めた三人は、とんでもないことを口にした。

彼女たちの表情は真剣そのものであり、冗談でそれを口にしている者は、一人としていない。

だけど、

「その……ごめんなさい」

申し訳なく思いつつ、小さく頭を下げた。

いきなり告白されても、正直ごめんなさいとしか言えない。

「ど、どうしてですか……!?」

「せめて、せめて理由を教えてください……！」

「ぜひ、聞かせて欲しい」

なおも食い下がる三人。

（彼女たちは、包み隠すことなく真剣な想《おも》いを伝えてくれた）

それならば俺も、一人の男として正直に話すのが『筋』というものだ。

「俺には……その、好きな人がいますので……っ」

顔が赤くなるのを感じながら、はっきりと理由を伝えた。

「そん、な……っ」

「だ、大丈夫よ……。まだ焦《あせ》るような時間じゃないわ……！」

「ならば、力ずくで奪うまでだ！」

直後、

「大人しく、その角をよこしてください！」

「これぱっかりは、諦めません……！」

「覚悟ッ！」

彼女たちは素早く剣を抜き、鬼気迫る勢いで迫ってきた。

「結局、こうなるのか……」

俺は仕方なく抜刀。

斬撃を打ち払いつつ、その首筋に痛打を見舞い、三人の意識を刈り取る。

「ふぅ、これで一段落だな」

ホッと安堵《あんど》の息をついたその瞬間、背後から冷たい殺気を感じた。

「ッ⁉」

咄嗟《とっさ》に首を左へ逸《そ》らせば、情け容赦のない突きが空を切る。

「うーん、惜しいなぁ」

「ここで会長ですか」

振り返るとそこには——何かにつけて勝負を挑んでくる、ちょっと困った生徒会長シィ＝アークストリアがいた。

「ごきげんよう、アレンくん。調子はどうかしら？」

「おかげさまで絶好調ですよ」

「ふふっ、それはよかった」

挨拶代わりに、ちょっとした軽口の応酬を済ませた。

（しかし、寒そうだな……）

十二月の寒空にサンタコスチューム一着。

あれじゃ体が冷えてしまうだろうに……。

そんな風に彼女の心配をしていると、

「ふっふっふっ！　私たちを忘れてもらっては困るなぁ、アレンくん！」

「裏千刃祭の借りは、ここで返させてもらうんですけど……！」

パーティ会場ではついぞ姿を見せなかったリリム先輩とティリス先輩が、会長の横に並び立った。

「一対三ですか。今回はずいぶんと容赦がないですね」

裏千刃祭のとき――リリム先輩・ティリス先輩のコンビを相手にするのは、本当に骨が折れた。

今回そこに会長が加わるとなれば……苦戦は免《まぬが》れないだろう。

「ふふっ、当然よ。部費戦争・ポーカー勝負・イカサマポーカー勝負――私はこれまで、アレンくんにただの一度も勝てていないの。これ以上の敗北は、誇り高きアークストリア家の次期当主として、許されるものじゃないわ！」

彼女はいつになく真剣な表情を浮かべ、何もない空間に手を伸ばした。

「写せ――〈水精の女王《アクア・クイーン》〉ッ！」

その瞬間、空間を引き裂くようにして美しい剣が現れる。

まるで空のように青く、海のように透明な魂装。

会長はそれを優しく握り、隙のない構えを取った。

「ふふっ、アレンくんの無敗伝説もここで終わりよ」

「ここらで先輩の偉大さを教えてやらないとな！」

「今回ばかりは、是が非でも負けられないんですけど……！」

三人はそう言って、闘志に燃えた鋭い視線をこちらへ向けた。

「ふぅー……。一対三とはいえ、負けるつもりはありませんよ？」

俺は闇で塗り固めた疑似的な黒剣を生み出し、正眼《せいがん》の構えを取りながら、会長の魂装〈水精の女王《アクア・クイーン》〉を見つめる。

（剣王祭で何度か見たけど、本当に美しい剣だな……）

一片の曇りもない澄んだ刀身・芯の強さを感じさせる大胆かつ繊細な刃紋《はもん》、その一振りには、時間を忘れて見ていられるほどの魅力があった。

「さぁて、『先輩の威厳』を取り戻しに行きますか！　ぶっ飛ばせ――〈炸裂粘土《バースト・クレイ》〉ッ！」

「今日ばかりは、絶対に勝つんですけど……！　拘束せよ――〈鎖縛の念動力《バインド・サイキック》〉ッ！」

リリム先輩とティリス先輩は、同時に魂装を展開する。

(……出たな)

二人の魂装は裏千刃祭のときにたっぷりと味わった。

〈炸裂粘土〉は、起爆性の粘土を生み出す能力だ。シンプルかつ大味な力だが、その威力は圧巻の一言。

リリム先輩の動きには、特に注意する必要があるだろう。

〈束縛の念動力〉は、視認した物体を操作する厄介な能力だ。出力こそやや控えめだが、非常に高い汎用性を誇る。

ティリス先輩は、早いうちに叩《たた》いておきたい。

(〈炸裂粘土〉に〈束縛の念動力〉、両方を相手取るのでさえ厄介だというのに……)

今日はさらにそこへ、会長の〈水精の女王〉が加わるのだ。

千刃学院でも指折りの三剣士。彼女たちを同時に相手取るのは、さすがにちょっと苦しいものがある。

(はぁ……。せっかくの楽しいクリスマスパーティ、今日ぐらいはゆっくりしたいんだけどなぁ……)

小さなため息をこぼしながら、思考を巡らせる。

（闇の影《ダーク・シャドウ》を使えば、逃げることは簡単だけど……）

その場合、あのイベント大好きな会長が、クリスマスパーティの大部分を棒に振ってまで準備した『とっておきの仕込み』が水の泡になってしまう。

そうなれば……きっと彼女は、とんでもなく拗《す》ねるだろう。

（つまり、俺が『本当の意味で勝つ』ための条件は……）

一対三という絶望的に不利な勝負を受け、なんらかの仕込みに嵌《は》まってあげたうえで──それを真正面から打ち砕く。

なかなか骨の折れる仕事だな。

「ふふっ。さすがのアレンくんも、今回ばかりはお手上げかしら……？」

会長はそう言って、勝ち誇った笑みを浮かべた。

「いえ、大変だな……と思いまして」

「……『大変』？」

その意味するところが、わからなかったのだろう。

彼女は不思議そうに小首を傾《かし》げた。

「いえ、こちらの話です。それよりも、そろそろ始めましょうか」

「ええ、望むところよ」

「ふっふっふっ、熱いお灸《きゅう》を据えてやろうじゃないか！」

「今回ばかりは勝たせてもらうんですけど……！」

俺と会長たちの視線がぶつかり合い、激しく火花を散らす。

（現状、数の利は向こうにある）

こちらの剣が『一本』に対して、向こうは『三本』。

守勢に回れば、ジリ貧になることは明白。

（先手必勝――ここはガンガン攻める！）

漆黒の闇を両足に纏《まと》い、一足でティリス先輩との間合いを詰めた。

「っ⁉」

彼女の顔面が真っ青に染まる。

ここは既に必殺の間合い――そのうえ俺は、既に疑似的な黒剣を振り上げた状態だ。

（接近戦の得意なリリム先輩、遠近問わずに戦える会長は後回しだ。まずは遠距離主体のティリス先輩を潰し、一気に主導権を握る！）

両手に力を込め、大上段からの斬り下ろしを放つ。

「なん、の……これしき……！」

ティリス先輩は大きく左へ跳び、迫り来る斬撃を回避しようとしたが……。

「──甘いですよ」

俺はその動きを完璧に捉え、斬り下ろしを中断。

すぐさまサイドステップを踏み、追撃の袈裟《けさ》斬りを繰り出した。

「う、そ……ッ。反応速度、おかしいんですけど⁉」

ティリス先輩が顔を引きつらせ、ギュッと目をつぶったその瞬間、

「──こっちよ！」

「──させるかぁ！」

会長とリリム先輩が、背後から同時に斬り掛かってきた。

「くっ」

俺は仕方なく攻撃をやめ、剣を水平に構えて防御。

剣と剣がぶつかり、鍔迫《つばぜ》り合いの状況が生まれる。

「はぁあああああああ！」

「おりゃあああああああッ！」

会長とリリム先輩は雄叫《おたけ》びをあげ、全体重を剣に載せてきた。

しかしそれでも、単純な腕力ではこちらが遥《はる》か上を往《い》く。

「ハアッ！」

「きゃぁ⁉」

「嘘《うそ》、だろ……⁉」

後ろへはね飛ばされた二人は、なんとか冷静に受け身を取った。

そうこうしているうちに、ティリス先輩が態勢を立て直し、会長たちと合流を果たす。

最初の一幕は、『引き分け』と言ったところだ。

「ティリス、大丈夫？」

「危ないところだったな」

「正直、やられたと思ったんですけど……。二人のおかげで助かった、ありがと……」

短く言葉を交わした彼女たちは、こちらに視線を向けたまま話を続ける。

「でもまさか、私とリリムの二人掛かりで押し負けるなんてね……」

「いよいよ人間とやってる気がしないな、これは……っ」

「やっぱり力勝負じゃ、絶対に勝てないんですけど……」

会長たちが作戦会議を行っている間、こっちはこっちで戦闘方針を組み立てていく。

（まずはなんとかして『一人』落とさないとな）

今の攻防で分かった通り、『一対三』の数的不利は尋常じゃない。

早いところ誰か一人を倒さないと、どんどん苦しくなってしまう。

とりあえず、ギアを一つ上げるか。

「――闇の影《ダーク・シャドウ》ッ！」

漆黒の闇を全身に纏い、十本の巨大な闇を広域に展開する。

「ついに、出したわね」

「剣術部との戦いでも見たが、本当に凄《すさ》まじい『圧』だな……っ」

「優しい顔に似合わず、邪悪な力なんですけど……」

ゆらゆらと揺れる闇を見た会長たちは、ゴクリと唾を呑《の》む。

「数の上では、こちらが圧倒的に有利だけれど……相手はあのアレンくんよ。間違っても、楽に勝てる相手じゃないわ。全力で行くわよ、リリム、ティリス！」

「おう！　三人掛かりで、負けるわけにはいかねぇもんな！」

「私たちにも、面子《メンツ》があるんですけど……！」

気合を入れなおした三人は、次々に魂装の能力を展開していく。

「――水精の箱庭《アクア・ガーデン》ッ！」

会長が天高く剣をかざせば、彼女の頭上に巨大な水の塊が出現した。

〈水精の女王《アクア・クイーン》〉の能力は、ありとあらゆる水の操作。あの水を使った攻撃は、まさに千変万化だ。

「──炸裂剣《バースト・ソード》ッ！」

灰褐色《はいかっしょく》の粘土が、リリム先輩の魂装を覆っていく。

あの剣は衝撃が加わった瞬間に起爆する、とてつもなく危険な代物だ。

「──念動力の糸《サイキック・スレッド》ッ！」

ティリス先輩が魂装を振るい、霊力でできた極小サイズの糸が拡散する。

大量の糸は校庭に散らばった剣術部の剣に付着し、百本を超える剣が宙を舞った。

あれが一斉に襲い掛かってくるとなれば、かなり厄介だ。

「さぁアレンくん、ここからが本番よ！」

「先輩たちを甘く見ていると痛い目を見るぜ？」

「今こそ、雪辱を果たすときなんですけど……！」

本気になった会長たちは、それぞれが最も得意とする間合いを取った。

近距離主体のリリム先輩は一歩距離を詰め、遠近ともにこなせる会長はその場で剣を構え、遠距離主体のティリス先輩は大きく後ろへ跳び下がる。

「へへっ、それじゃ行くぜ！」

グッと前のめりになったリリム先輩は、一気に距離を詰めてきた。

「そぉら、食らえぃッ！」

灰褐色の粘土に包まれた剣が、凄まじい勢いで迫ってくる。

（炸裂剣《バースト・ソード》――接触と同時に指向性のある大爆発を起こす、防御不能の一撃）

接近戦において、圧倒的な優位性を誇る厄介な技だが……それについては、既に対策済みだ。

振り下ろされた斬撃に対し、俺は袈裟斬りを重ねる。

両者の剣が接触したその瞬間、

「へっ、弾《はじ》けろ！」

炸裂剣が大爆発を巻き起こす。

その爆風はこちらにのみ向いており、灼熱《しゃくねつ》の熱波が押し寄せた。

だが、

「――闇の箱《ダーク・ボックス》」

球状の闇がリリム先輩の刀身を包み、激しい爆発を強引に押さえ込む。

「な、にぃ……⁉」

まさかこれほど簡単に炸裂剣が無力化されるなんて、夢にも思っていなかったのだろう。

彼女は驚愕《きょうがく》に目を見開いた。

「よそ見は危険ですよ」

リリム先輩の剣に狙いを定め、少し強めに斬り上げを放つ。

その結果、

「しまっ……!?」

魂装〈炸裂粘土《バースト・クレイ》〉は、彼女の手から離れて宙を舞う。

「く、そ……っ」

丸腰になったリリム先輩は、こちらに背を向け、全力で剣の回収へ動いた。

この隙を逃す手はない。

「──闇の影」

三本の闇を操作し、彼女の意識を奪いに掛かる。

「──ティリスッ!」

「もうやってるんですけど……! 念動力の糸《サイキック・スレッド》ッ!」

会長の鋭い声が響き、ティリス先輩が霊力で編まれた無数の糸を伸ばす。

「これは……っ」

霊力の糸は闇の影に絡《から》み付き、その動きをわずかに鈍らせた。

「重過ぎ、なんですけど……!? リリム、早くして……っ」

「わかってらい!」

リリム先輩は全速力で走り、校庭に突き刺さった剣へ手を伸ばす。

(そうはさせるか……!)

俺が同時に操作可能な闇は十本。

(三本の動きに干渉したところで、まだ七本も残っている!)

必死に右手を伸ばすリリム先輩へ向けて、残り七本の闇を殺到させる。

「リリムは落とさせないわよ! ――水精の悪戯《アクア・トリック》ッ!」

剣・斧《おの》・槍《やり》・盾・鎌――様々な形状に変化した水が、こちらへ向けて一斉に射出された。

会長の操る水は、ただの水じゃない。

濃密な霊力が練り込まれた、鉄以上の硬度を誇る『鋼の水』だ。

「く……っ」

俺は仕方なくリリム先輩の方へ伸ばした闇を引っ込め、水精の悪戯を防御。

その間に魂装を回収したリリム先輩は、すぐさま会長たちと合流する。

「悪《わり》ぃ、ちょっと油断したぜ……っ」

額に冷や汗を浮かべた彼女は、苦い顔で話を続ける。

「しっかし、まさか炸裂剣の大爆発すら押さえ込むなんてな……。あの闇、ほんと馬鹿みたいな出力だ」

「でも、あれだけの大出力。そう長く維持できるとは思えないんですけど……。霊力切れ、狙ってみる……？」

「それは無理でしょうね。噂《うわさ》によれば、アレンくんの霊力は、あの黒拳レイア＝ラスノートを凌《しの》ぐそうよ。そもそもの話、彼がバテる姿なんて想像もできないわ」

「……確かに」

会長たちは視線をこちらへ向けたまま、小さな声で話し込んでいた。

「次は三人同時に行きましょう。それから……位置は覚えているわね？」

「……！　あぁ、もちろんだぜ！」

「当然、ばっちりなんですけど……！」

「よし、それじゃやるわよ！」

「おぅ！」

「了解！」

彼女たちの目付きが、明らかに変わった。

(これは仕掛けてきそうだな)

会長たちがクリスマスパーティの裏で、何をしていたのかは知らないが……。

あの筋金入りの負けず嫌いが準備した『仕込み』、そう甘いものじゃないだろう。

ここから先は、一層気を引き締める必要がありそうだ。

「よっしゃ、いくぜぃ！　炸裂の雨《バースト・レイン》！」

リリム先輩は横薙《な》ぎに剣を振るい、ドロドロとした灰褐色の粘土を空中へぶちまけた。

「念動力の糸《サイキック・スレッド》！」

ティリス先輩の操る百本の剣は、宙を舞う半固体状の粘土へ殺到し、それらは起爆性の粘土でコーティング――その全てが炸裂剣と化した。

（魂装の合わせ技か……厄介だな）

空中に浮かぶ百本の炸裂剣《バースト・ソード》、あれはそう簡単に凌げるものじゃない。

強い警戒をティリス先輩へ向けていると、

「――水精の霊剣《アクア・ブレード》ッ！」

会長の頭上に浮かんでいた巨大な水の塊が、彼女の魂装へ吸い込まれていった。

よくよく目を凝らすと、その刀身には水の羽衣のようなものが浮かんでいる。

（パッと見る限り、レインの超高圧水流を纏《まと》った剣に似ているな……）

となると、斬れ味を向上させる類の技だろうか？

「食らいなさい――水精の斬撃《アクア・スラッシュ》ッ！」

会長は素早く剣を振るい、鋭利な水の斬撃を飛ばしてきた。

「遠距離斬撃か。――ハァッ！」

真っ正面から迎撃したそのとき、

「ふふっ、広がりなさい！」

水精の斬撃《アクア・スラッシュ》は、突然目の前で弾け飛び、凄まじい濃霧となって周辺一帯を包み込んだ。

（なるほど、目くらましか……ッ）

何を狙っているのかはわからないけど、この場に留まるのは危険だ。

濃霧から脱出しようとすれば――炸裂剣が雨のように降り注いできた。

「おいおい、マジか……っ」

炸裂剣が地面と接触するたび、凄まじい大爆発が巻き起こる。

咄嗟《とっさ》に闇の衣を纏い、その衝撃を緩和させたが……。

（この数は、ちょっと効くな……っ）

視界を潰された状態での絨毯《じゅうたん》爆撃。

全方位から押し寄せる熱風と衝撃波によって、少なくないダメージを負ってしまった。

さすがにこれを受け続けるのはマズい。

「――はぁあああああああっ！」

俺はすぐさま四方八方へ闇を伸ばし、空中に浮かぶ炸裂剣を強引に撃墜していく。

「た、退却……！」

「かすったら終わりなんですけど……ッ」

規則性のない範囲攻撃を受け、リリム先輩とティリス先輩は安全地帯へ避難。

直後、

「――そこ！」

背後の死角から、会長が濃霧を引き裂いて飛び出してきた。

（巧《うま》い……っ）

闇を空へ伸ばした分だけ、俺自身の守りは薄くなっている。

その隙を狙い穿《うが》つ、完璧なタイミングの刺突。

（だが、決定的に速度が足りていない）

鋭い刃が背中に触れた瞬間、半身になってその一撃を躱《かわ》した。

「う、そ……!?」

天性の身体能力を誇るシドーさん、飛雷身《ひらいしん》によって爆発的な速度を誇るイドラ。

二人の剣と比較して、会長の突きには速度が足りていなかった。

「――終わりです」

俺の放った袈裟《けさ》斬《ぎ》りは、彼女の胸部をしっかりと捉えた。

しかし、両手に残ったのは強烈な違和感。

「これは……水の分身か⁉」

「ふふっ、大正解」

真後ろから響くのは、会長の冷たい声。

完璧に背後を取られてしまった。

「正解者には、斬撃のプレゼント！」

「く……っ」

俺はすぐさま体を反転させ、鋭い斬撃を紙一重で回避したのだが……。

「さすがの反応速度……ね！」

続けざまに放たれた中段蹴りが、左脇腹へ突き刺さる。

「～～ッ」

大きく後ろへ吹き飛ばされながら、会長・リリム先輩・ティリス先輩の立ち位置を素早く確認。

とりあえず、追撃を仕掛けてくる様子はなさそうだ。

（しかし、自分の分身を作り出す、か。さすがは水を操る魂装、応用の効くいい能力だな……っ）

冷静に受け身を取ると同時──会長の鋭い声が飛ぶ。

「──かかったわ！　今よ、リリム！」

「おう、任せろ！」

リリム先輩が剣を校庭へ突き立てた瞬間、俺を中心とした地面が円状に爆発し──巨大な落とし穴が生まれた。

「なっ!?」

突然足場を失った俺は、重力に引かれて落ちていく。

（くっ、こんな仕掛けを……!?）

落とし穴の底には、灰褐色の粘土がこれでもかというほどに敷き詰められていた。

どうやら会長たちは、クリスマスパーティの間、ずっとこの準備をしていたようだ。

「ふふっ、とどめよ！　──〈水精の悪戯〉ッ！」

落とし穴の上から蓋をするように、多種多様な水の武器が降り注ぐ。

（さすがにこれは洒落《しゃれ》にならないぞ……ッ）

上は武器の雨、下は起爆性の粘土。

まともに食らえば、ただでは済まされない。

「闇の影ッ！」

俺はすぐさま十本の闇を上下に展開。

武器の雨を薙ぎ払い、起爆性の粘土を呑《の》み込もうとしたのだが……。

「そうはさせないんですけど？　──念動力の鎖《サイキック・チェーン》、最大出力……！」

ティリス先輩の生み出した強靱《きょうじん》な鎖が、闇の動きを妨害してくる。

（これ、は……!?）

今までの細い『糸』ではなく、太く強靱な『鎖』。

おそらく、ありったけの霊力が注《つ》ぎ込まれているのだろう。

コンマ数秒の間だけ、闇の影《ダーク・シャドウ》の動きが、完全に止められてしまった。

所詮はコンマ数秒、通常時ならばなんの意味も為さない。

しかし、今は絶体絶命の危機的状況。

一秒にも満たない刹那が、命取りとなってしまう。

（くそ、間に合わない……ッ）

「これで終わりよ！」

「私たちの勝ちだぜ！」

「完璧に仕留めたんですけど……！」

勝利を確信した三人の声が、暗い落とし穴に反響する。

（……さすがだな）

互いの隙を埋め合う完璧なコンビネーション。

それぞれの能力を掛け合わせた見事な作戦。

今までの俺ならば、きっと敗れていただろう。

そう――今までの、俺ならば。

（仕方ない、やるか……）

俺は剣を鞘《さや》に収め、何もない空間へ手を伸ばした。

「滅ぼせ――〈暴食の覇鬼《ゼオン》〉ッ！」

次の瞬間、まるで暴風のような闇が全てを蹴散らす。

「きゃぁ⁉」

「な、なんだこれ⁉」

「念動力の鎖《サイキック・チェーン》が、千切られたんですけど⁉」

武器の雨、起爆性の粘土、強靫な鎖――三位一体《さんみいったい》の攻撃は、深淵《しんえん》の闇に呑み込まれた。

「さすがに肝を冷やしましたよ」

「「……っ⁉」」

彼女たちの仕込みを真正面から叩《たた》き潰した俺は、無傷のまま落とし穴から脱出する。

その手に握るは『真の黒剣』。

あの化物の力が具現化した、至高の一振りだ。

「そん、な……っ」

「お、おいおい。さすがにそれは聞いてねぇぞ……」

「……激マズなんですけど」

会長たちは顔を真っ青にしながら、一歩後ろへたじろぐ。

「アレンくん、あなたいつの間に魂装を……!?」

「先日、とある事件に巻き込まれちゃいましてね……。そこでまぁいろいろとあって、魂装を発現したんですよ」

クラウンさんとの約束があるため、ダグリオの一件は『とある事件』とぼかすことにした。

「……リリム、ティリス。わかっていると思うけど、あの黒い剣はかなりヤバイわよ……」

「あぁ、ビリビリ感じるぜ……っ。でもよ、こんなところで引くわけにはいかねぇだろ?」

「私、さっきの念動力の鎖《サイキック・チェーン》で、霊力がもうほとんどないし……なんなら今すぐ逃げ出したいんですけど……」

会長たちは重心を後方に寄せた防御姿勢。

一方、久方ぶりに〈暴食の覇鬼《ゼオン》〉を展開した俺は、その圧倒的な力の波動に思わず唾を呑む。

（相変わらず、とてつもないな……）

刀身も柄《つか》も鍔《つば》も、何もかもが漆黒に染まった一振りの剣。

絶大な闇を強引に剣の形へ落とし込んだ、ただただ大きな力の塊。

（……体が軽い）

まるで羽が生えたかのようだ。

（それに体の奥から、どんどん力が湧き上がってくる……！）

闇をどんどん放出し続け、体の外へ力を吐き出さないと、弾《はじ》け飛んでしまうのではないか――そんな錯覚を覚えるほど、次から次へと力が溢《あふ》れ出してくる。

「さて……それではそろそろ、反撃といきましょうか」

「「……っ」」

俺が一歩踏み出せば、
会長たちはそれに応じて、一歩後ずさる。

（最初に狙うべきは、ティリス先輩だな。さっきみたいに霊力の糸や鎖で、こちらの動きに干渉されたら面倒だ）

狙いを定めた俺は、間合いを詰めるために軽く地面を蹴る。

一瞬にして視界が変わり――気付けば、ティリス先輩の背後に立っていた。

「き、消えた……⁉」

リリム先輩とティリス先輩は、驚愕《きょうがく》の声をあげる。

「――ティリス、後ろよ！」

唯一、こちらの動きに反応した会長が素早く注意を飛ばす。

しかし、それはあまりに遅すぎた。

「――まずは一人目」

黒剣の柄の部分で、ティリス先輩の後頭部を強く打つ。

「な、ぇ……っ⁉」

彼女は静かに意識を手放し、そのままバタリと倒れ込んだ。

俺は続けざまにもう一度地面を蹴り、今度はリリム先輩の側面に回った。

「リリム、避《よ》けなさい！」

「――二人目、ですね」

会長の注意も虚《むな》しく、体重の乗った回し蹴りがリリム先輩の脇腹を捉える。

「か、は……っ!?」

彼女はまるでボールの如《ごと》く水平に飛び、本校舎の壁に全身を打ち付けた。

(……ちょっとやり過ぎたか……?)

気絶させる程度に軽く蹴っただけのはずが、予想していた数倍の威力があった。

(やっぱりまだ、うまく力の加減ができないな……)

リリム先輩の怪我《けが》は、後でこっそり治療しておくとしよう。

わずか数秒の間にティリス先輩とリリム先輩の意識を刈り取った俺は、最後の一人シィ＝アークストリアに目を向ける。

「ようやく一対一ですね」

「まさか、それほどの力を隠していたなんて……。アレンくん、やっぱりあなた『いい性格』をしているわね」

「別に隠していたわけじゃありませんよ。ただ、使うタイミングがなかっただけです」

「ふんっ、どうだか」

会長はそう言って、ジト目でこちらを見つめた。

(さて、そろそろやるか……)

既にこの無茶苦茶な催しが始まってから、かなりの時間が経過している。

正直、さっきからリアのことが気になって仕方がない。

(本人には言えないけど……ああ見えてリアは、けっこうなポンコツだ)

正面からの剣術勝負では無類の強さを誇るのだが、搦《から》め手や不意打ちにとことん弱い。

(万が一、ということもあるからな)

急いで彼女の援護に向かった方がいいだろう。

そう判断した俺は、黒剣をへその前に置き、正眼《せいがん》の構えを取る。

「それでは……行きますよ？」

「ええ、来なさい。あなたとの決着は、今日ここで付けるわ！」

会長が言い切ると同時、俺は一足で間合いを詰めた。

「――ハアッ！」

全体重を乗せた袈裟《けさ》斬《ぎ》り。

「く……っ！」

彼女は真っ正面から、その一撃を受け止めた。

(なるほど、凄《すさ》まじい技量だな……)

剣と剣がぶつかり合う瞬間――本来は最も力を込めねばならないその瞬間、会長は全身の力を抜いた。

腕から肩へ、肩から足へ、足から地面へ。恐ろしいほど精密で緻密なボディコントロールをもって、黒剣の衝撃を全て地面へ流したのだ。

「ふふっ、驚いたかしら？」

「ええ、さすがは会長ですね。では、こういうのはどうでしょう？」

鍔迫《つばぜ》り合いの状態から、遠距離用の斬撃を強引に放つ。

「一の太刀――飛影《ひえい》ッ！」

「ゼロ距離……!?　きゃぁ……ッ」

接触状態からの黒い斬撃。

会長はその威力を殺し切れず、大きく後ろへ吹き飛んだ。

（よし、今が攻め時だ……！）

着地際の隙を突くため、一気に距離を詰め、追撃を仕掛ける。

「八の太刀――八咫烏《やたがらす》ッ！」

「こ、の……『アークストリア』を舐《な》めないでちょうだい！」

彼女はカッと目を見開き、八つの斬撃を完璧に捌《さば》いてみせた。

迫りくる斬撃にそっと刀身を沿わせ、まるで演舞のように受け流していく。

（……おかしい）

彼女の動きは、あまりにも正確過ぎる。

今の反応速度は、神懸《かみが》かった反射神経を持つシドーさんや飛雷身発動中のイドラさえも上回っていた。

まるで俺の斬撃がどこへ飛ぶのか、事前にわかっていたかのようだ。

（……何か『ネタ』がありそうだな……）

周囲をつぶさに観察すれば、すぐにその答えを見つけた。

「なるほど、そういうことですか……」

「あら、なんのことかしら？」

会長は素知らぬふりをしたまま、可愛《かわい》らしく小首を傾《かし》げてみせた。

まったくこの人は……本当に小悪魔だ。

「驚きましたよ。まさかこんな風に水を使うなんて、さすがは会長です」

「んー？」

あくまでシラを切り続ける彼女へ、確たる証拠を突き付ける。

「――『水蒸気』ですよね？」

「……っ」

図星を突かれた彼女は、悔しそうに口をつぐむ。

現在、ここら一帯には薄《う》っすらと水蒸気が漂っている。

よくよく神経を集中させれば、そこからほんのわずかな会長の霊力を感じ取れる。

つまりこの水蒸気は全て、彼女の能力によって発生したものということだ。

「会長はこの水蒸気を通じて、俺の筋肉の動き、重心の位置、剣を放った角度を感知。それらの情報から、こちらの次の動きを読み切り、さっきのような完璧な防御を見せたんです。あなたの明晰《めいせき》な頭脳と研ぎ澄まされた剣術、これらがあってこそ可能な妙技——違いますか？」

「……はぁ。アレンくんってば、ほんとやりにくい相手ね。まさかこんなすぐに水精《アクア》の先触《サイン》れを見抜かれちゃうなんて……お姉さん、困っちゃうわ」

彼女は肩を竦《すく》めながら、小さくため息をこぼす。

「ただ、それがわかったところで、どうやって対処するつもりなのかしら？　既にこのフィールドは、私の支配下にあるのよ？」

「そうですね……。例えば、こういうのはどうでしょうか？」

ここが会長のフィールドだというのなら、そんなものはぶち壊してしまえばいい。

俺は十本の闇を天高く伸ばし、それらを同時に校庭へ叩《たた》き付けた。

凄まじい轟音《ごうおん》と共に砂煙が巻き上がり、微細な砂の粒子が水蒸気を吸収していく。

これで、こちらの動きを予測することはできないだろう。

「なっ、なんて強引な……っ」

俺は強く大地を蹴り付け、驚愕の声を漏らす会長のもとへ肉薄する。

「は、速……ッ⁉」

「桜華一刀流《おうかいっとう》奥義《おうぎ》――鏡桜斬《きょうおうざん》ッ！」

鏡合わせのように左右から四撃ずつ、目にも留まらぬ八つの斬撃を放つ。

「くっ……きゃぁ⁉」

彼女は見事な反応で四発を受け流し、さらに三発を回避してみせたのだが……最後の一太刀が左肩へ刺さった。

「……っ」

会長は苦悶《くもん》の表情を浮かべながら、大きく後ろへ跳び下がる。

彼女の左腕はだらりと垂れており、右腕一本でなんとか剣を構えていた。

（一見したところ、そこまで深い傷じゃなさそうだけど……）

この様子じゃ、戦闘続行は厳しいだろう。

「会長、このあたりで終わりにしませんか？」

「……私は千刃学院の生徒会長、シィ＝アークストリア！　同じ学院の――それも下級生の子には、絶対に負けられないわ！」

会長はこちらの提案を拒絶し、その美しい魂装を天高く掲げる。

「――水精の宴《アクア・フィースト》ッ！」

彼女の叫びに呼応して、〈水精の女王《アクア・クイーン》〉に内包された『鋼の水』が溢《あふ》れ出し、巨大な一本の大剣が生み出された。

（デカいな）

かなりの霊力を注《つ》ぎ込んでいるのか、水の大剣はとてつもない『圧』を放っていた。

「悔しいけれど、地力ではアレンくんの方が遥《はる》かに上を往《い》くわ……。でも、いくら鬼のように強いあなたでも、この一撃は絶対に破れない。――ねぇアレンくん、あなたにこれを迎え撃つ度胸はあるかしら？」

見え透いた挑発だが……。

（乗るしかない、よな）

ただ『勝負に勝つ』ことだけが目的ならば、次の攻撃は間違いなく回避すべきだ。

（しかし、そうなると……我がままな会長は絶対に納得しないだろうな）

今回よりもさらに入念な計画を立てて、再戦を申し込んでくるに違いない。

『本当の意味で勝つ』ためには、彼女の全力の一撃を正面から突破し、『完璧で完全な勝利』を収める必要がある。

「……わかりました。受けて立ちましょう」

「ふふっ、そうこなくっちゃ！」

会長は好戦的な笑みを浮かべ、巨大化した魂装をギュッと握り締めた。

「さぁ、食らいなさい――水精の箱舟《アクア・アーク》ッ！」

天高く掲げられた巨大な魂装から、荘厳《そうごん》な水の箱舟が放たれた。

それは凄まじい霊力が込められた圧倒的な水の奔流。

まともに食らえば、ひとたまりもないだろう。

「六の太刀――冥轟《めいごう》ッ！」

真の黒剣を力強く振るえば、荒々しい闇の奔流が解き放たれる。

水の箱舟と闇の斬撃、両者が激しくぶつかり合ったその瞬間――闇が全てを食らい尽くした。

「そん、な……!?」

水精の箱舟を容易《たやす》く粉砕された会長は、その場でペタンと座り込んでしまう。

「か、会長!? 逃げてください！」

大声をあげて注意を飛ばしたが、彼女は静かに首を横へ振った。

どうやら、動けなくなってしまったようだ。

（くそ、こんなときに霊力切れか⁉）

そうこうしている間にも、絶大な威力を誇る冥轟は、会長を食らい尽くさんと突き進む。

（これは、マズいぞ……っ）

霊力の尽きた状態で、冥轟の直撃を受ければ――まず間違いなく、無事では済まされない。

（まったく、手の掛かる人だな……ッ）

俺は地面を強く蹴り、黒い冥轟を追い越し、彼女の前に立つ。

「五の太刀――断界《だんかい》ッ！」

世界を引き裂く最強の一撃は、荒れ狂う闇の奔流を斬り裂いた。

（ふぅ、これで一段落だ……）

波乱に満ちた乱戦を制した俺は、ペタンと座り込む困った生徒会長様へ手を伸ばす。

「大丈夫ですか、会長？」

「……ふふっ。優しいアレンくんなら、きっと助けてくれると信じていたわ！」

とびきり悪い笑みを浮かべた彼女は、校庭に〈水精の女王《アクア・クイーン》〉を突き立てた。

するとも次の瞬間、千刃学院全体を巨大な魔法陣が覆い尽くす。

「な、何を……⁉」

「どう、いい眺めでしょう？　あなたの立つそこが、この魔法陣の中心なのよ」

「……っ⁉」

何かわからないけど、とにかくここにいちゃマズい。

咄嗟《とっさ》にバックステップを踏んだが……一歩遅かった。

「残念、楔《くさび》は既に打ち込まれているの。どこへ逃げても一緒よ――水精の霊獄《アクア・プリズン》！」

俺の両手両足に、水の魔法陣が浮かび上がる。

（こ、これは……⁉）

重力が百倍になったのではないか――そう錯覚してしまうほど、全身がずっしりと重くなった。

「ふう、やっと捕まえた」

会長は妖艶《ようえん》な笑みを浮かべ、ゆっくりと立ち上がる。

さっきのは、動けないフリをしていたようだ。

「どう、アレンくん？　これが私のとっておき、水精の霊獄よ。一か月もの月日を掛けて完成させた封印術。さすがのあなたでも、指一本として動かせないでしょ？」

彼女はそう言って、自慢気に胸を張る。

この戦いには、二つの『大きな仕込み』が為《な》されていたようだ。

一つは、先ほど打ち破った落とし穴。

もう一つは、この巨大な魔法陣。

しかも魔法陣の方は、一か月という長い時間を掛けて作り上げられた力作ときた。

会長の負けず嫌いは、本当に筋金入りだ。

「確かに、これはかなり強力な封印ですね……」

試しに八咫烏を放ってみると、斬撃はたったの三つしか発生しなかった。

「……え？」

続いて闇の影を発動させてみたが、やはりその動きは非常に重い。

「や、闇まで……ッ」

四肢に展開された奇妙な魔法陣によって、俺の全能力は半分以下に抑えられているようだ。

「……呆《あき》れた。その状態でまだ動けるなんて、本当に人間離れしているわね……」

「あはは、誉《ほ》め言葉として受け取っておきますよ」

「まぁそれでも、アレンくんの能力が大きく低下していることは一目瞭然！　このまま戦いを続ければ、私の勝ちは確実ね！」

勝利を確信した会長は、上機嫌に笑う。

「しかし、会長……。今回の賭けは、ちょっと危険だったのでは？　下手をすれば、本当に死んでいましたよ？」

俺を魔法陣の中心へ立たせるため、彼女は自分の体を囮《おとり》にした。

もしあそこで俺が助けに入らなければ、命を落としていた可能性だって十分にある。

「ふふっ、大丈夫よ。アレンくんなら、どんなときだってきっと助けてくれるもの」

「さすがに買いかぶり過ぎですよ。俺はそこまで万能じゃありません」

「でも実際、助けてくれたでしょ？」

何故《なぜ》か嬉《うれ》しそうに微笑《ほほえ》む会長。

そんな顔をされたら、怒るに怒れなくなってしまう。

「はぁ……。とにかく、ああいうのは今回限りにしてくださいね？」

「えー。それじゃもう、お姉さんを助けてくれないってこと？」

「いえ、呼んでくれれば、いつだって助けに行きますよ。そうじゃなくて……さっきみたいにわざと自分の身を危険に晒《さら》すことは、もうこれっきりにしてくださいね、と言っているんです」

「ふふっ、ありがとう」

会長はとびっきりの笑みを浮かべた後――勝利宣言を口にする。

「さぁ観念なさい、アレンくん！　そんな状態じゃ、どうあがいても勝ち目はないわ！

今回の勝負、あなたの優しさを信じたお姉さんの勝ちよ！」

彼女はそう言って、迂闊《うかつ》にも一歩こちらへ足を出そうとした。

「――す、ストップ！」

その行動にすぐさま『待った』を掛ける。

「ど、どうしたのよ……？　いきなり大きな声を出したら、びっくりしちゃうじゃない」

「すみません。ですが、あまりそこから動かない方がいいですよ？」

「……どういうこと？」

「自分の周りをよく見てください」

「自分の周りって……なっ⁉」

周囲を見回した会長は、顔を真っ青に染めた。

それもそのはず、彼女の周りには二の太刀 朧月《おぼろづき》が、網のように張り巡らされているのだ。

「いつの間にこんなものを⁉」

「会長がペタンと座り込んでいる間に、ちょっと仕込んでおきました」

「私の演技を見破っていたの……⁉」

「あのときの会長は、ちょっとおかしかったですからね。もしかして……っと思い、保険を掛けておいたんですよ」

彼女はとても芯の強い人だ。

もしあのとき——たとえ本当に霊力切れだったとしても、決してその場に座り込んで、諦めるような真似《まね》はしない。

きっと這《は》ってでも、冥轟の直撃を避《さ》けようとしたはずだ。

「……やっぱりアレンくんは、とても『いい性格』をしているわね。何もこんな馬鹿みたいな量を仕掛けなくたっていいじゃない……ッ」

会長は数百の朧月を睨《にら》み付けながら、忌々《いまいま》しげに呟《つぶや》く。

「でも、甘いわ！　この『斬撃の結界』さえ突破すれば、私の勝ちよ……！」

「確かにそうかもしれませんが……。これらは全て『真の黒剣』で仕込んだ斬撃ですよ？正直、あまりおすすめはできません」

「……っ」

会長は黒剣に抉《えぐ》られた左肩に手を伸ばし、苦々しい表情を浮かべる。

たったの一撃で、彼女の肩を粉砕した黒い斬撃。それが数百と襲い掛かれば……到底無事では済まされない。

「闇を使えば、会長をお守りすることもできますが……。ど、ど、どうします？」

俺は足元に転がった小石を手に取り、優しくそう問い掛けた。

「ちょ、ちょっと待って……！」

『小石』の意味を理解した会長は、顔を真っ青に染めながら制止の声をあげる。

「はい、なんでしょうか？」

「アレンくん、その石は何かしら……？」

「えーっと、校庭に落ちていた小石ですね」

何も珍しいことはない、どこにでもある普通の石だ。

「そういう意味じゃなくて、その石で何をするつもりなのかと聞いているの！」

「あはは、ご想像にお任せしますよ」

朧月は設置型の斬撃だ。

予《あらかじ》め空間に仕込んだ斬撃は、そこを通過した『ナニカ』に反応して放たれる。

例えば、この石を投げ込んだ際に放たれた斬撃は、また別の斬撃の引き金となる。そうして斬撃が斬撃を呼び、斬撃の嵐が彼女を襲うのだ。

「お、お姉さんを脅すつもり……⁉」

「俺だって、こんなことはしたくありません。ですが、今回はあまり時間的余裕もないようなので……」

チラリと時計を見れば、時刻は二十時四十分。

この無茶苦茶な催しが始まってから、既に四十分が経過している。

そろそろリアの無事を確認して、心を落ち着けたい。

だから、会長には早いところ、敗北を認めてもらわないと困るのだ。

「し、知らなかったなぁ。まさかアレンくんが、そんな意地悪な子だったなんて……っ」

「──すみません。リアたちのことが気になるので、そろそろどうするか決めていただけますか？」

掌《てのひら》で小石を転がしながら、会長に判断を委ねた。

イチかバチかに賭けて、自力で朧月を突破するか。

大人しく負けを認めて、俺に朧月を解除してもらうか。

彼女に残された道は、二つに一つだ。

すると──。

「………………水精の霊獄を解除するから、私を守ってちょうだい……」

長い長い沈黙の後、会長は悔しそうな表情でポツリと呟いた。

その直後、四肢に展開された魔法陣が消滅し、体にずっしりと圧《の》し掛かっていた重みがなくなった。

水精の霊獄を解除してくれたみたいだ。

「わかりました。では、少し危ないのでその場から動かないでくださいね？」

会長に飛び切り分厚い闇の衣を纏《まと》わせた後、手元の小石を軽く放り投げた。

山なりの放物線を描いた小石は、黒い斬撃によって砕かれ――そうして放たれた斬撃は、また別の斬撃の引き金となり、とてつもない『破壊の嵐』が吹き荒れる。

「……っ⁉」

その中心にポツンと立たされた会長は、小動物のように小さく身を縮こませながら、連鎖する黒い朧月を見つめていた。

いくつかの斬撃が彼女へ直撃したけれど、闇の衣のおかげで怪我《けが》はない。

「た、助かった……っ」

斬撃の結界から脱出した会長は、ホッと安堵《あんど》の息をつく。

「さて会長、この勝負は俺の勝ち、ということでよろしいですね？」

「……っ」

彼女は下唇を噛《か》み締め、コクリと頷《うなず》いた。

素直に負けを認めてくれたようで何よりだ。

「ありがとうございます。それでは、このあたりで失礼しますね」

こうして会長・リリム先輩・ティリス先輩との戦いに勝利した俺は、大急ぎでリアのもとへ向かうのだった。

■

アレンがシィ・リリム・ティリスの三人と戦っている間、リアは苦戦を強いられていた。

「もう、斬っても斬ってもキリがないじゃない……！」

彼女の前に立ち塞がるのは、幾度もの斬撃を受けながら、それでもなお立ち上がる五十人の剣士。

「へ、へへ……。俺たち三年は今年で卒業、これが最後のチャンスですからね……っ」

「そう簡単に倒れるわけにはいかないんですよ……！」

彼らは全員三年生の剣士。

四月の入学式でリアに一目惚《ひとめぼ》れしてから早八か月、ただジッと『ドキドキ⁉　カップリング大合戦！』の開催を待っていたのだ。

「これ以上続けたら、本当に死んじゃうわよ……⁉」

彼女は忠告を発しながら、〈原初の龍王《ファフニール》〉の切っ先を三年生たちへ向ける。

「ふ、ふふ……っ。敵の心配とは、相変わらずお優しい方ですね」

「そこがあなたのいいところでもあり、『弱点』でもあります！　――今だ、やれぇ！」

男が叫んだ次の瞬間、リアの背後――本校舎の三階から一人の剣士が飛び降りた。

「――リア様、覚悟ぉおおお！」

「え、うそ……っ⁉」

アレンと比較して、リアはこういう『突発的な事象』にとても弱い。

しかしそれは、無理もない話だ。

アレンは幼少期から、蝋燭《ろうそく》一本、米一粒を惜しむような過酷な生活を送ってきた。毎日がサバイバルであり、毎日が予想外に満ちている。

その一方、リアは一国の王女。どこへ行くにも屈強な剣士が護衛に付き、予想外のイベントなど一年に一度あるかどうか。

両者の育ってきた環境は、あまりにも違い過ぎた。

奇襲の成功に加えて、頭上の優位を取った男は、魂装の能力を発動させる。

「――閃光の輝き《フラッシュ・シャイン》ッ！」

刀身からまばゆい光が解き放たれ、一時的にリアの視界が潰された。

「くっ、龍の激昂《ドラゴニック・ロアー》ッ！」

「「ぐ、ぐぁあああぁっ⁉」」

黒白入り交じった炎が不規則に飛び散り、数多《あまた》の剣士が大きなダメージを負う。

しかしそれでも、彼らの気勢は微塵《みじん》も衰えない。

「まだまだぁ、音爆弾《ノイズ・ボム》ッ！」

透明な球体が、リアに向かって放たれる。

「ほ、白龍の鱗《ホワイト・スケイル》ッ！」

いまだ視力の戻り切っていない彼女は、咄嗟《とっさ》の判断で前方に巨大な盾を展開。

音爆弾と白龍の鱗が接触した瞬間、凄《すさ》まじい超音波がリアの全身を包み込む。

「何よ、これ……っ⁉」

三半規管にダメージを受けた彼女は、バランス感覚を狂わされ、一歩二歩とたたらを踏む。

「仕上げだ――衝撃波《インパクト・ウェイブ》ッ！」

巨大な槌《つち》が校庭に振り下ろされ、リアの足元が強烈に揺らされた。

「え、わっ、きゃぁ⁉」

視界を潰され、バランス感覚を失った彼女は、その場で尻もちをついてしまう。

「「もらったぁ！」」

三位一体《さんみいったい》の攻撃を繰り出した三年生たちは、リアのサンタ帽子目掛けて突撃。

「き、きゃぁあああっ!?」

彼女の悲鳴が響いたそのとき、

「――すみませんが、これだけは絶対に渡しません」

天から降った邪悪な闇が、三人の剣士を押し潰した。

「「が、は……っ!?」」

頭上から強烈な一撃を食らった三人組は、何が起きたのかもわからずに意識を手放す。

「アレン……！」

ようやく視力の戻ったリアは、彼の背中に飛びついた。

「リア、無事でよかった」

サンタ帽子が奪われていないことを確認したアレンは、ホッと胸を撫《な》で下ろす。

そして――彼にしては珍しく、ほんのりと怒気を滲《にじ》ませながら、〈暴食の覇鬼《ゼオン》〉を構えた。

「先輩方、ここから先は俺が相手になりますよ」

五十人もの男が寄って集《たか》ってリアを襲った。

その事実に対し、小さくない怒りを抱いているのだ。

「あ、アレン＝ロードル……!?　おいおい、嘘《うそ》だろ……。あの数の剣術部をたった一人で倒したのか!?」

「会長たちはどうなったんだ!?　『今日こそ絶対に勝つ』って息巻いて、入念に準備してたじゃねぇか！」

「まさか、剣術部と一緒に三人纏めてやられちまったってのか……!?」

アレンの強烈な威圧感に気圧《けお》された三年生は、顔を青く染めながら一歩後ずさる。

「く、そ……っ。こんなところで、リア様を諦められるか……！」

「馬鹿やめとけ！　あいつは情け容赦の欠片《かけら》もねぇ『悪魔』だ、本当にぶっ殺されんぞ!?」

アレンの残虐非道な行いは、いまや千刃学院全体に広まっている。

実際のところ、それらは全て根も葉もない噂《うわさ》なのだが……。

彼がこれまで残してきた大きな実績。それに加えて『闇』という見るからに邪悪な力が、噂の信憑《しんぴょう》性を高めてしまっていた。

「うるせぇ！　俺だって三年間ずっと、剣術に打ち込んできたんだ！　ぽっと出《で》の一年坊《ぼう》主《ず》に、負けてたまるかぁあああ！」

周囲の制止を振り切り、勇猛果敢に駆け出した剣士は、

「八の太刀――八咫烏」

「が、ふ……っ!?」

八つの斬撃を全身に浴び、夜闇《よやみ》に散った。

「「「な、情け容赦の欠片もねぇ!?」」」

恐るべき早業で一人の剣士を沈めたアレンは、柔らかい微笑を浮かべながら、正眼《せいがん》の構えを取る。

「さて、お次はどなたでしょうか?」

「「「……っ」」」

十数億年の間、何度も何度も繰り返した正眼の構え。

その完成度はもはや『堂《どう》に入《い》る』という次元を超越していた。

「す、隙がねぇ……。やっぱり無理だ。どうあがいたって、あんな化物に勝ってこねぇよ……っ」

「だが、この機会を逃せば、本当に終わりなんだぞ!?」

「……そうだ。俺たち三年は今年で卒業、来年のイベントには参加できない……っ。リア様を恋人にできるチャンスは、正真正銘これが最後なんだ……!」

「こうなりゃ、玉砕覚悟……突っ込むぞ！」

そうして意思をまとめた三年生たちは、

「「「うぉおおおおおお……っ！」」」

欲望に満ちた雄叫《おたけ》びをあげて一斉に突撃した。

しかし、

「――闇の影《ダーク・シャドウ》」

アレンの操る強靭《きょうじん》な闇は、いとも容易《たやす》く彼らを薙《な》ぎ倒していき――それからわずか一分後、校庭には約五十人の三年生が倒れていた。

「さ、さすがはアレン……一瞬で終わっちゃったね」

彼の背中に隠れて、圧倒的な蹂躙劇《じゅうりんげき》を見ていたリアは、思わずそんな感想をこぼす。

「リア、今のうちにどこかへ隠れよう。また誰かに見つかっても面倒だしさ」

「うん」

そうして二人は、夜闇に溶け込むようにして、千刃学院の本校舎へ身を隠すのだった。

■

たくさんの三年生たちを斬り払った俺は、リアと一緒に本校舎の屋上へ移動する。

ここなら、そう簡単には見つからないだろう。

「それにしても、無茶苦茶なイベントだな……」

「ええ。千刃学院って、本当にとんでもない学院ね……」

月明かりに照らされた校庭では、今もあちこちで熾烈《しれつ》な戦いが繰り広げられている。

聖夜の大乱戦――他の五学院でも、こんな激しい催しが行われているのだろうか？

チラリと時計塔を見れば、時刻は二十時五十五分。

混沌《こんとん》とした千刃学院のクリスマスパーティも、後五分でようやく終わりを迎える。

（いろいろあったけど、ここで時間を潰せば逃げ切りだな……）

俺が大きく伸びをしていると、手を後ろに組んだリアが嬉《うれ》しそうに微笑《ほほえ》む。

「――アレン、ありがとね」

「えっと、なんのことだ……？」

「ほら、さっき助けてくれたでしょ？　そのお礼よ」

「あぁ、あれなら気にしないでくれ」

さっきのは俺が望んでやったことであり、お礼を言ってもらう必要なんかない。

ただ……誰とも知れない先輩に、リアを取られるのが嫌だっただけだ。

短い会話が打ち切られ、ちょっとした沈黙が訪れる。

「……」

星空を眺めながら、二人だけの時間がゆっくりと流れていく。

「……」

「――ねぇアレン」

「ん、どうした？」

「私の帽子、欲しい……？」

俺の制服の袖をクイッと引っ張ったリアは、可愛《かわい》らしく小首を傾《かし》げながら、とんでもないことを口にした。

「えっ……。い、いや、それは、その……⁉」

自分の顔がどんどん赤くなっていくのがわかる。

（ほ、欲しい……っ）

とても、とても欲しい。

喉から手が出るほどに欲しい。

（だけど、本当にそれでいいのか……⁉）

こういう大事なことは、もっとはっきり自分の口で伝えるべきじゃないのか⁉

頭が焼き切れそうになるほど、超高速で思考を巡らせていると、

「ふふっ、冗談よ」

リアは嬉しそうに、楽しそうに、そして——どこか儚《はかな》げに笑った。

(……リア?)

ここ最近、彼女はたまに今のような儚い表情を浮かべる。

(もしかして、何か悩み事でもあるのか?)

俺がどういった対応を取るべきか頭を悩ませていると、

「ねぇ、アレン……。目、つぶってよ」

リアはよくわからないお願いを口にした。

「えっと、どうして……?」

「ど、どうしてもなの……! ……駄目……?」

リアに上目遣いで頼まれたら、断れるわけがない。

「わかった。目をつぶればいいんだな?」

なんだかよくわからないけれど、とりあえず瞼《まぶた》を閉じた。

「何があっても、絶対に開けちゃ駄目だからね……?」

「あぁ、約束する」

それから十秒……いや、一分ぐらいが経過しただろうか……。

温かくて柔らかい『ナニカ』が、右頬に優しく触れた。

（これ、って……⁉）

心臓の鼓動が、一気に速くなっていく。

「も、もう目を開けていいわよ……っ」

すぐに目を見開けば、ほんのりと頬を赤く染めたリアがいた。

「り、りりり、リア⁉　今、なにを……⁉」

「……ふふっ、秘密」

彼女は少し大人びた笑みを浮かべ、クルリと後ろを向く。

その耳が赤くなっているのは多分、寒さだけが原因じゃないだろう。

（今のはまさか……いや、さすがにそれは考え過ぎか⁉　だけど、さっきの柔らかい感触……っ。しかも今日はクリスマス……でも、だからこそ逆に――）

俺は完全に複雑な思考の迷路に囚《とら》われてしまった。

それから少しして、リアは「あっ」と声をあげる。

「――見て、アレン！　雪だよ、雪！」

彼女は目を輝かせながら、夜空から降り落ちる白い結晶を見つめた。

「うわぁ、綺麗《きれい》……。ホワイトクリスマスだね」

「あぁ、そうだな」

月光に照らされた白雪は、本当に綺麗だった。

（……この想《おも》いは、まだ胸の内にしまっておこう）

俺がもっと立派な剣士に、一国の王女と釣り合いの取れるぐらいの男になったとき――

打ち明けよう。

こうしたイベントに頼るのではなく、自分の口で――真っ正面から伝えよう。

リアのことが好きだ、と。

（そのためにも、明日からまた素振りだな……！）

こうして俺とリアのクリスマスは、静かに終わりを迎えたのだった。

二：招待状と魔族

波乱に満ちたクリスマスパーティが幕を下ろし、千刃学院《せんじん》は短い冬季休暇期間に入った。

年末まではリア・ローズ・クロードさんたちと修業漬けの日々を送り、今日はいよいよ大晦日《おおみそか》の十二月三十一日。

俺はリアと一緒に買い物へ繰り出し──そこで信じられないことを耳にした。

「ねぇアレン、知ってる？」

「なんだ？」

「年越しそばを年齢の数だけ食べると、次の年は無病息災《そくさい》が約束されるのよ」

いや、節分の豆じゃないんだから……常識的に考えて、十五杯は無理だろう。

「お互い十五杯ずつ、一緒に食べようね！」

いくらリアの頼みといえども、人間にはできることとできないことがある。

ただ──ここできっぱりと断り、彼女の笑顔を曇らせることは……できなかった。

「なぁリア。さすがに十五杯はちょっとキツイからさ、こういうのはどうだ？」

その後、話し合いを重ねた結果、俺が八杯・リアが二十二杯──合計三十杯。一人あたり十五杯の年越しそばを食べるという折衷案でまとまった。

果たしてそれに意味があるのかは……わからない。

だけど、あのときのリアは嬉しそうだった。

とても嬉しそうに「これで来年も一緒に元気でいられるね！」と笑ってくれた。

だから、死ぬ気で食べた八杯の年越しそばは、決して無駄じゃなかった。

完食後、壮絶な胃もたれと吐き気に苦しんだのだって無駄じゃない……と思いたい。

そうして迎えた一月一日。

（ふぅ、胃薬が効いてくれたみたいだな……）

お腹《なか》のあたりを軽くさすりつつ、先日買ったばかりの礼服に袖を通していく。

黒の背広にコールズボン。

いわゆる『ディレクタースーツ』と呼ばれる装《よそお》いである。

これらの衣装は、年の瀬にリアと一緒に大慌てで買いに走ったものだ。

（それにしても、まさかこんなことになるとはな……）

始まりはそう——あの『招待状』だ。

クリスマスパーティの翌日、俺とリア宛に『慶新会《けいしんかい》』への招待状が届いた。

慶新会は国の新たな門出を祝う大きな式典であり、毎年一月一日にリーンガード宮殿で開かれる。その場には、リーンガード皇国《こうこく》の君主——天子《てんし》様も臨席されると聞く。

(そんな大層な式典に、どうして俺なんかが呼ばれるんだろう……)

何かの手違いかと思って何度も招待状を確認したけど、そこにはしっかりアレン＝ロードルとリア＝ヴェステリアの名前が記されている。

(リアはヴェステリア王国の王女様だし、慶新会にお呼ばれしても、なんらおかしいことはない)

だけど、俺はどこにでもいる一般市民だ。

各国の大使や政府のお偉方が出席する慶新会の場には、はっきり言ってふさわしくない。

(うっ、また胃が痛くなってきたぞ……)

この胃痛の原因には、精神的なものも含まれていそうだ。

(はぁ……。どうしてこんなことに……)

思わず大きなため息を漏らしたところで、コンコンコンと部屋の扉がノックされた。

「アレン、もう着替えは終わった?」

「あぁ、今終わったところだ」

ゆっくり扉が開き、振袖《ふりそで》を着たリアが入ってきた。

「——うん、ばっちりね。とっても似合っているわ!」

俺の礼服姿を上から下までジッと見た彼女は、ニッコリと微笑む。

「……あ、あぁ、ありがとう」

リアの振袖姿に見惚《みと》れていたので、返事をするのに一拍遅れてしまった。

気品を感じさせる赤色の着物。細い腰を縛った金色の帯。美しい花の刺繍《ししゅう》が施された振八つ口《ふりやつくち》。

艶《あで》やかに結《ゆ》われた髪とそこに挿されたワインレッドの花のかんざし。

いつもより大人びたその姿は、思わず言葉を失ってしまうほどに魅力的だった。

「ふふっ、もしかして見惚れちゃった？」

彼女が冗談めかしてそう言うと、

「あぁ、とても綺麗だ」

うっかり思っていたことをそのまま口にしてしまった。

「そ、そう、なんだ……。ありがと……っ」

「ど、どういたしまして……」

俺たちは二人して顔を赤く染めながら、そんなぎこちない会話を交わす。

その後、

「……」

「……」

互いにチラチラと視線を飛ばし合い、目が合ってはそれを逸《そ》らすという、なんとも言えない時間が流れた。

チラリと時計を見れば、時刻は朝の九時。

慶新会は十時に始まるから、もうあまり時間の余裕はない。

「――そ、そろそろ時間だし、行こうか！」

「えぇそうね、そうしましょう！」

そうして俺たちは、どこか空回ったテンションでリーンガード宮殿へ向かうのだった。

■

千刃学院の寮を出てからしばらく歩くと、案外すぐに目的地へ到着した。

入り口で簡単な受付を済ませてから、天子様の御所《ごしょ》であるリーンガード宮殿へ足を踏み入れる。

するとそこには――まるで別世界に来たのではないかと錯覚してしまうほど、煌《きら》びやかで豪奢《ごうしゃ》な式典会場が広がっていた。

「こ、これは凄《すご》いな……っ」

柱に貼り付けられた、最新式の巨大な液晶パネル。

会場の四隅で存在感を放つ、巨大な厳《いか》めしい塑像。

あちこちに飾られた、名画めいた風格を放つ絵画。

大皿の上にこれでもかと盛られた、とても美味《おい》しそうな料理。

(なんというか、『バラバラ』だ……)

統一感などまったく存在せず、ただただ『贅沢《ぜいたく》なもの』で埋め尽くされていた。

(リアの言った通りだな)

慶新会のような国家主導で大勢の来賓者を招く式典は、国威《こくい》を示すために相当派手なものになっているはず――行きしなに、彼女がそう話してくれていたのだ。

まるで別世界のような会場を見回していると、背後から会長の声が聞こえた。

「――あら、お久しぶりね。リアさん、アレンさん、アレンさん」

(……『アレンさん』？)

呼び方にちょっとした違和感を覚えつつ、振り返るとそこには――艶《あで》やかな振袖に身を包んだ会長がいた。

「――会長、あけましておめでとうございます」

「会長、新年あけましておめでとうございます。その振袖とっても綺麗ですね！」

俺とリアが揃《そろ》って新年の挨拶を述べると、

「新年あけましておめでとうございます。――ふふっ、リアさんの振袖もとっても綺麗でよく似合っているわよ？」

会長は丁寧に頭を下げて、優しく微笑《ほほえ》んだ。

（しかし、こんなところで会長に会うとは……。いや、むしろこれは当然か）

なんと言っても、彼女の家は『アークストリア』。

これまでリーンガード皇国の重役を代々輩出してきた、名家の中の名家だ。

慶新会には、きっと毎年のように参加しているのだろう。

俺がそんなことを考えていると――。

「――クリスマスパーティの一件で、はっきりとわかりました」

会長は柔らかい笑みを浮かべながら、ジィッとこちらの目を見つめてきた。

（これは……怒っている、な……）

明らかに距離を空けた他人行儀な口調。

彼女が機嫌を損ねていることは、誰の目にも明らかだ。

「え、えーっと……何がわかったんでしょうか？」

嫌な予感しかしないけど、一応聞いてみることにした。

「アレンさんが、女の子をいじめるのが大好きな『変態さん』だということです」

「……なるほど……」

新年早々、これはまた面倒なことになった。

「あのとき、アレンさん、とっても意地悪で楽しげな表情でしたよ？　私をいじめて、とっても楽しかったんでしょうね」

『あのとき』とはおそらく……俺が小石を持って、会長に『選択』を迫ったときのことを言っているのだろう。

「す、すみません……。ですが、意地悪をするつもりはありませんでした」

あのときは時間的な余裕がなく、リアのサンタ帽子が気になって仕方がなかったため、少しだけ荒っぽい手を使ったのだ。

本当にただそれだけであり、そこには一欠片《ひとかけら》の悪意もない。

「ふんっ、どうだか……。あれは二度目、いや三度目ですもの」

「三度目？」

「一度目は部費戦争で、私に赤っ恥をかかせたこと。二度目はイカサマポーカーで、意地悪をしてフルハウスを配ったこと。――まさか忘れたとは、言わせませんよ？」

「あ、あー……」

そう言えば、そんなこともあったっけなぁ……。

ここ最近、いろいろなことがあり過ぎてすっかり忘れていた。

「とにかく――あなたがしっかり改心するまで、お姉さんはずっとこの喋《しゃべ》り方ですからね！」

会長はそう言って、プイとそっぽを向く。

（こ、子どもだ……）

自分のことを『お姉さん』と自称する割に、その怒り方は完全に小さな子どものそれだった。

（しかし、弱ったな……）

会長が一度機嫌を損ねると、なんというかその……とても面倒くさい。

機嫌を取るのも一苦労だし、機嫌を取った後の増長した態度もまた大変なのだ。

どうしたものかと苦笑いを浮かべていると、彼女の背後に一人の男性が立った。

「――シィ、何をしている？」

「お、お父さんは、あっちに行ってて！」

この人が、会長の父親か。

ロディス＝アークストリア。

ところどころに白髪の混ざった黒髪。身長はだいたい百八十センチで、年齢はおそらく四十前後だろう。まるで鷹《たか》のように鋭い目・左の瞼《まぶた》に斬られたような古傷・立派に蓄えた黒い顎鬚《あごひげ》――どこに出しても恥ずかしくない『非常によく整った強面《こわもて》』だ。決して筋骨隆々ではないが、バランスのいい肉付きをしており、強者の風格を漂わせている。白の長着《ながぎ》に灰の袴《はかま》、暗い黄緑色の羽織《はおり》がよく似合っていた。

「……なるほど、貴様が噂《うわさ》に聞くアレン＝ロードルか」

ロディスさんはこちらを一瞥《いちべつ》すると――会長の抵抗を潜《くぐ》り抜けて、俺の前に立った。

「私はロディス＝アークストリア。察しの通り、シィの父親だ。職位は……いや、仰々しい肩書はこの際どうでもいいか。そんなことより――貴様には一つ、言っておかねばならぬことがある」

「な、なんでしょうか……？」

たっぷり三秒ほどタメを作った彼は、その重たい口をゆっくりと開く。

「――娘はやらんぞ」

「……え？」

「ふん、とぼけても無駄だ。貴様がうちの娘とただならぬ仲であることは、とっくの昔に知っている」

「えーっと……？」

『ただならぬ仲』って、いったいどういうことだ？

なんと返答したらいいものかと困っていると――ロディスさんはグッと歯を食い縛り、プルプルと震え出した。

「娘は最近な。毎日毎日、貴様のことばかり話すんだ……。それも本当に楽しそうな顔で……ッ」

「ちょ、ちょっとお父さん⁉　いったい何を言っているの⁉」

会長は顔を赤くして、ロディスさんの肩を強く揺さぶった。

しかし、彼の口は止まらない。

「この前なんて、『今度デートに誘ってみよ――』」

「――わ、わーっ、わーっ、わーっ！」

会長は大声を張り上げて、ロディスさんの口をふさぐ。

その顔は耳まで真っ赤になっており、今にも火を噴き出しそうだった。

「あ、あああ、アレンくん！　今のはお父さんが勝手に言っているだけだからね⁉　全然そんなことないからね⁉」

「は、はぁ……」

「そういうわけだから、また学校でね……！　ほらもう行くよ、お父さん……！」

会長はそう言うと――ロディスさんの背中をグイグイと押して、会場の奥へ消えていった。

「……凄いわね……。私のお父さんに負けず劣らずの親バカだわ……」

「あはは、そうだな」

グリス＝ヴェステリア陛下も相当な子煩悩《こぼんのう》だったけれど、会長のお父さんもかなりのものだ。

（もしかしたら娘を持つ父親というのは、そういうものなのかもしれないな）

一息ついたところで、ゆっくりと周囲を見回す。

（しかし、本当にいろんな人がいるな）

武士の装束を着た人。明らかにこの国のものではない、トリコロールカラーの珍しいドレスを纏《まと》った人。南方の狩猟民族が好む、白い大きな帽子をかぶった人。

とても異国情緒《じょうちょ》にあふれる会場だ。

そんな風にキョロキョロと周囲を眺めていると、明らかに浮いた衣装の人が目に付いた。

「あれは……クラウンさん？」

「えっ、どこどこ？――あっ、ほんとだ」

遥《はる》か前方で談笑しているのは、聖騎士協会オーレスト支部の支部長クラウン＝ジェスターさん。

（いや、凄《すご》いな……）

いくらドレスコードがないとはいえ、天子様の臨席される慶新会《けいしんかい》の場に、いつものド派手なピエロ衣装で臨むとは……自由な人だ。

「せっかくだし、挨拶に行こうか」

「……ちょっと待った。よく見て、クラウンさんの隣」

いつになく真剣な表情で、リアは『待った』を掛けた。

「クラウンさんの隣……？」

視線を少し横へずらすとそこには――いつもの赤い着物に身を包んだリゼさんがいた。

「残念だけど、挨拶はまた別の機会にしましょう。『血狐《ちぎつね》』とは、関わるべきじゃないわ……」

リアは強い警戒を示しながら、小さく首を横へ振る。

レイア先生が言っていた通り、リゼさんの評判はあまりよくないらしい。

（うーん、実際はとてもいい人なんだけどなぁ……）

俺が困り顔で頬を掻《か》いていると、

「――おっ、アレンくんやないか！」

こちらに気付いたリゼさんが、クラウンさんを引き連れてやってきた。

「うわ、見つかった……っ」

リアはあからさまに顔をしかめる。

相変わらずというかなんというか、彼女は本当に表情が豊かだ。

「──リゼさん、クラウンさん。新年あけましておめでとうございます」

「……あけましておめでとうございます」

俺とリアが新年の挨拶をすると、二人も同じように返してくれた。

「いやぁ、それにしても……。新年早々アレンくんに会えるなんて、ええ一年になりそうやなぁ」

上機嫌なリゼさんは、切れ長の目でジッとこちらを見つめる。

「あはは、俺もリゼさんに会えてとても嬉《うれ》しいです」

「そ、そう……？　なんやえらい嬉しいこと言うてくれるやないの」

彼女は左手の扇子で口元を隠しながら、右手をパタパタと振った。

そこへ、クラウンさんがいつもの軽口を挟む。

「いやだなぁ、リゼさんは……いったい何を本気にしてるんすか？　そんなのお世辞に決まっ……はぐっ⁉」

いったい何が起こったのか、彼は突然胸元を押さえて苦しみ始めた。

「く、クラウンさん⁉」

「大丈夫ですか⁉」

　顔を青くした彼は、首を横に振りながらリゼさんの袖を掴《つか》む。

　理由はわからないけど、呼吸ができなくなっているようだ。

「クラウン、昔から『口は災いのもと』や言うさかい……気ぃつけや？」

　凍《い》てつくような恐ろしい声音《こわね》が響き、彼は何度も首を縦に振った。

　するとその直後、

「――ぷはぁっ。はぁはぁ……あ、ははは……相変わらず、容赦ないっすねぇ……」

　なんらかの『力』から解放されたクラウンさんは、荒い呼吸と共に苦笑いをする。

「ふふっ、当然や。ただまぁ……そうやってわざとでも苦しんでくれるとこは嫌いやないよ」

「……ありゃ、バレてました？」

「当たり前や。息ができんぐらいで、あんたがどうこうなるわけないやろ」

　いや普通、息ができなければ、かなり危険な状態だと思うけれど……。

　やっぱりクラウンさんは、リゼさん同様にただものじゃないらしい。

「実際どうでした？　なかなかいい感じの演技だと思ったんすけど……」

「うーん、三点ぐらいやなぁ」

「五点満点?」

「あほ、千点満点や」

「いやぁ手厳しいっすねぇ」

そうして二人は、楽しそうにケラケラと笑い合う。

なんというか、とても独特な世界観だ。

多分リゼさんとクラウンさんは、ずっと昔からの付き合いなんだろう。

(しかし、わからないな)

十中八九、さっきの現象はリゼさんの『魂装《こんそう》の力』によるものだ。

(彼女の力を見るのは、大同商祭《だいどうしょうさい》に続いて二度目だけれど……)

いったいどんな能力なのか、いまだ見当もつかない。

俺がそんなことを考えていると――リゼさんは会場内の時計を確認し、意味深な視線をクラウンさんへ送る。

「さて――それじゃうちはこのへんで、失礼させてもらおかな」

彼女はそう言って、扇子で軽く手を打った。

「あれ、もう帰っちゃうんですか?」

慶新会の終了まで、まだまだ時間があるのに……この後、何か予定でもあるのだろうか？

「天子様への挨拶は済ませたし、次の商談も控えとるさかいな。今日はもうお暇《いとま》させてもらうわ」

「ボクもこの後、オーレスト支部で大事な会議があるんで……ここいらで帰らせてもらうっす」

リゼさんは小さく手を振り、クラウンさんはペコリとお辞儀をした。

「そうですか。お仕事、頑張ってくださいね」

「ふふっ、おおきに」

「お気遣い感謝っす」

そうして二人は、リーンガード宮殿を後にした。

すると——今まで押し黙っていたリアが口を開く。

「天子様の臨席する式典を蹴ってお仕事だなんて……。ほんと太い神経をしているわね……」

「あはは、あの二人らしいな」

そんな話をしていると——大勢の護衛を引き連れた絶世の美女が、ゆっくりとこちらへ歩いてきた。

（あの顔、何度か新聞で見たことがあるぞ……っ。間違いない、ウェンディ＝リーンガード様だ）

リーンガード皇国を治める『天子』ウェンディ＝リーンガード。

背まで伸びた淡いピンク色の綺麗《きれい》な髪。身長は百六十五センチ前後だろう。年齢は確か、俺と同じ十五歳。クルンとした大きな瞳と柔和な口元が魅力的な、天使のように優しい顔。すらりと真《ま》っ直《す》ぐに伸びた肢体・大きな胸・くびれた腰つき、非の打ちどころのない完璧なスタイルだ。肩口を露出したドレスは、白を基調としつつ、ところどころに薄ピンクのアクセントが加わった、上品かつ可愛《かわい》らしいものである。

十歳のときに先代の天子様からその地位を継承し、卓越した頭脳と恐るべき智謀《ちぼう》を併せ持つ、リーンガード皇国随一の才女だ。

彼女はゆっくりこちらへ歩みを進め、俺の目の前でその足を止めた。

「あら……。あなたは、アレン＝ロードル様ですね？」

「は、はい……っ」

「ふふっ。そんなにかしこまらず、気を楽にしてくださいs。今日はせっかくの慶新会ですから」

「あ、ありがとうございます」

天子様との軽い挨拶が済んだところで、リアがスッと動き出した。

「——ヴェステリア王国が第一王女、リア＝ヴェステリアです。天子様、本日は慶新会にお招きいただきありがとうございます」

リアは王女然とした品のある所作をもって、優雅な挨拶を口にした。

「リーンガード皇国が天子、ウェンディ＝リーンガードです。こちらこそ、わざわざ足をお運びいただきありがとうございます」

『王女様』と『天子様』が挨拶を交わした後、

「——ねぇ、アレン様？　もしよろしければ、少し『二人っきり』でお話をしませんか？」

天子様は、とんでもない提案を持ち出した。

（……何故《なぜ》……？）

リーンガード皇国の君主様が、俺みたいな一般市民になんの話があるのか……正直、わけがわからない。

だが、相手はこの国の頂点——天子様だ。彼女からの誘いをおいそれと断るわけにはいかない。

「はい。自分でよろしければ、是非」

「まぁ、ありがとうございます」

天子様は花の咲いたような微笑《ほほえ》みを浮かべた後、申し訳なさそうな表情をリアへ向けた。

「すみません、リア様。少しの間だけ、アレン様をお借りしてもよろしいでしょうか？」

「え、えぇ、それは構いませんが……」

リアは王女であり、いまだ王ではない。

格上である天子様からのお願いを断るのは難しい。

「リア。話が終わったらすぐに戻るから、少しだけ待っていてくれ」

「……うん」

不安げな表情のリアと別れた俺は、天子様の後に続いて、リーンガード宮殿の二階へ移動する。

■

移動中、凄《すさ》まじい数の好奇の視線が向けられた。

「お、おい、アレを見ろ！　天子様が男と一緒に――護衛も付けず、二人っきりで歩いているぞ？」

「ちょっと待て……あいつは確か『アレン＝ロードル』だ！」

「アレン＝ロードル、か。噂《うわさ》によれば、近頃は『闇』に手を染めているらしいぞ。なんでも、あの『血狐』とも深い繋《つな》がりがあるそうだ……」

「もうあそことパイプを繋げたのか⁉ なんて手の早い男なんだ……ッ」

「とにかく彼とは、関わり合いにならない方がいい……」

……全部、聞こえているんだよなぁ……。

どうやら俺の悪い噂は、『剣術学院』という枠を越え、上流社会にまで浸透してしまっているようだ。

（はぁ、どうしてこんなことに……）

誰にも聞かれないよう、心の中でため息をつく。

リーンガード宮殿を右へ左へと進み、階段を登った先にある突き当たりの部屋で、天子様が足を止めた。

「さぁアレン様、何もない部屋ですが、どうぞお入りください」

彼女はそう言って、目の前の扉をゆっくりと開ける。

「失礼します」

部屋の中に入るとそこは――ごくごく普通の客室だった。

簞笥《たんす》・机・ベッドなど、必要最低限の調度品だけが置かれている。

「天子様、こんなところでいったい何を――」

早速本題に入ってもらおうとしたそのとき――カチャリと部屋の鍵がかけられた。

（……あれ？　もしかして、閉じ込められた？）

なんとなくだけど、とても嫌な予感がする。

「天子、様……？」

「ふふっ、やっと二人っきりで話せるわね。アレン＝ロードル？」

何故か密室を作り出した彼女は、妖しい笑みを浮かべながら、ベッドにポスリと腰掛けた。

「……何をしているの？　そんなところに突っ立ってないで、早くここへ座りなさい」

天子様はそう言って、ポンポンとベッドを叩《たた》いた。

「わ、わかりました……」

軽く周囲を見回しながら、ベッドの方へ歩いていく。

（……掛け軸の裏に一人・クローゼットの中に二人・窓際のカーテン裏に一人、合計四人か）

耳を澄ませば、いくつもの小さな呼吸音が聞こえてくる。

十中八九、護衛の者だろう。

(一応、最低限の備えはしているみたいだな)

このあたりの周到さは、さすがは天子様と言ったところか。

「失礼します」

俺は少し距離を空けて、彼女の右横へ腰掛けた。

「あら？　ヴェステリアの王女と一つ屋根の下で暮らしている割には、あまり女慣れしてないのね」

嗜虐《しぎゃく》的な笑みを浮かべた天子様は、お尻をこちらに寄せ――せっかく空けた距離を詰めてきた。

(近いし、柔らかい……⁉)

左手の上に柔らかい太ももが乗っかり、それと同時にふわりといいにおいがした。

(お、落ち着け……っ。そもそもどうして天子様は、俺とリアが一緒に住んでいることを知っているんだ⁉)

高鳴る鼓動と混乱する頭を理性で押さえ付け、ひとまず大きく深呼吸をする。

すると――そんな様子をジッと観察していた天子様は、満足気にクスリと笑う。

「ねぇ、アレンはどんな人なの？　噂なんかじゃなくて、あなたの口から直接聞きたいわ」

彼女はそう言って、俺の左頬をツンと突《つ》いた。

「……質問に質問を返すようですが、どうして俺なんかのことを知りたがるんですか？」

天子様のような天上人《てんじょうびと》が、俺みたいな一般市民に気を掛ける理由がわからない。

「んー？　そうねぇ……最初は単純な興味かしら」

「興味？」

「そ。あなた、けっこうな有名人なのよ？　『千刃学院を支配する闇の剣士』・『国家転覆を謀《はか》る極悪人』・『黒の組織のスパイ』――ふふっ、どれもひどい噂ばかりで笑っちゃった。そんな面白い剣士がいるんだぁって思って、ちょっと調べてみることにしたの」

「な、なるほど……」

俺の悪い噂は、天子様の耳に入るレベルのものだったらしい。

「でも、結果は全て嘘《うそ》っぱちだったわ。アレンはとことん普通な剣術学院の学生」

「はい、その通りで――」

「――そう見えるよう、『高度な情報操作』が為《な》されているのよ」

「……は？」

彼女は目を鋭くしながら、斜め上の結論を口にした。

「どこの誰かはわからないけど、あなたの情報を裏で巧みに操っている人がいる。適度に目立たせ・適度に嘘を挟み・適度に株を下げ――最終的には、アレン＝ロードルが『凡庸』と判断されるようにする、とてつもなく高度な情報操作」

陰謀論めいた無茶苦茶な推理を天子様は自信満々に語る。

「これはおそらく、成長の途中にあるアレンが上位の神託の十三騎士『皇帝直属の四騎士』や聖騎士協会の切り札『七聖剣《しちせいけん》』に、目を付けられないようにしているのでしょうね。あなたが世界へ羽ばたくための前準備を手伝っているような――そんな印象を強く受けたわ」

「え、えーっと……」

……困ったな。いったいどこから訂正すればいいんだろう。

今日初めて知った。

頭のいい人が盛大な勘違いを起こすと本当に大変だ。

「とりあえず、いくつか聞きたいことがあるのだけれど……いいかしら？」

「はい、もちろんです」

俺がコクリと頷《うなず》くと、意外にもかなりシンプルな質問が飛んできた。

「それじゃまず、あなたの出身地はどこなの？」

「オーレストから遠く離れたゴザ村です」

「ゴザ村？　リーンガード皇国外の生まれ、ということかしら？」

「いえ。確かになにもない村ですが、ゴザ村はリーンガード皇国の領地ですよ」

ゴザ村の経済規模があまりにも小さ過ぎたせいか、天子様はその存在を知らなかったようだ。

「はぁ……私はここリーンガード皇国の天子なのよ？　治める領地については、一つの漏れもなく完璧に把握しているわ。だから、断言できる――『ゴザ村』なんて村は、この国に存在しない」

「……え？」

ゴザ村が……ない？

いったい何を言っているんだ？

「い、いやだなぁ……。グラン剣術学院をずーっと北西方向に進めば、ゴザ村が見えてくるじゃないですか」

「あなた、本当に何を言っているの？　グラン剣術学院の北西にあるのは、草木も育たない広大な荒地よ。それも――数十年以上も前からずっとね」

「……は？」

ゴザ村は農業の盛んな村で、右を見ても左を見ても畑が広がっている。

そこには母さんや竹爺《たけじい》がいて、魚のたくさん獲《と》れる小川があって——みんなで助け合って生活している。

(そんなゴザ村が、荒地……?)

あり得ない。

きっとこれは、天子様の勘違いか何かだろう。

「ちょっと不思議なのよねぇ……。戸籍を調べても『アレン＝ロードル』なんて人物は、どこにも存在しないの。もしかしてあなた、外国から来たのかしら?」

「い、いえ、そんなはずは……」

立て続けに投げ掛けられたとんでもない質問に、思わず固まってしまった。

「何、これも秘密なの? ……まぁいいわ、次に行きましょう」

「は、はぁ……」

なんだか釈然《しゃくぜん》としない思いを抱きつつ、天子様の質問に答えていく。

好きな食べ物・趣味・将来の夢、まるで自己紹介のときにするような質問ばかりだ。

(これ、なんか意味があるのか……?)

質問されて答えて、また質問されて答える。

そんなやり取りが十回ほど繰り返された。

「あの、天子様？　この質問には、何か意味が――」

「――よし、これで条件クリアね。さぁ、私の『下僕』になりなさい！」

彼女はそう言って、突然、俺の体を押し倒してきた。

「ちょ、ちょっと……何を……!?」

「ふふっ、私ってさぁ。あなたのように若くて将来有望で純粋な男を見ると、欲しくなっちゃうのよねぇ……」

俺のお腹《なか》にまたがった天子様は、嗜虐的な笑みを浮かべる。

「あぁ、ギュッと引き締まったいい筋肉……これも全て私のものよ」

長く細い指が、胸のあたりをスーっと伝っていく。

「お戯《たわむ》れはやめてください……！」

体を強引に捻《ね》じり、拘束から抜け出そうとしたそのとき、

「刻め――〈愛の奴隷《ラブ・スレイブ》〉」

彼女は人差し指に装着した、長い爪のような魂装を展開した。

（魂装!?）

いったい何をするつもりか知らないけど、さすがにこれは看過できない。

「……天子様、この先は冗談じゃ済まされませんよ？」

「強がっちゃって、本当に可愛《かわい》いわね」

「お言葉ですが、刺せるとお思いですか？」

「もちろん。あなたは『鬼のように強い』と評判だけれど、こんな体勢じゃ防御も回避も絶対に不可能。それに何より、こう見えて私には、剣術の心得があるの……よッ！」

言うが早いか、俺の胸元へ魂装〈愛の奴隷《ラブ・スレイブ》〉が振り下ろされた。

（確かに中々の速度だ）

剣術の心得があるというのは、本当のことらしい。

だけど——この程度の刃じゃ、闇の衣は貫けない。

「——ハッ！」

俺は全身に闇を纏《まと》い、迫り来る一撃を完璧に防御した。

「きゃぁ……っ」

闇の衣と接触した天子様は、苦痛に顔を歪《ゆが》める。

「す、すみません、大丈夫ですか⁉」

闇の衣を引っ込めたその瞬間、

「——なーんちゃって」

彼女はその人差し指を俺の胸へ突き立てた。

「なっ⁉」

　小さな痛みが走り、僅かばかりの血が流れる。

（これ、は……⁉）

　心の中に彼女の意識のようなものが入り込んでくる。

「この感覚、は……精神干渉系の魂装……⁉」

「ピンポーン、大正解！　『攻撃対象と十の問答をした後、相手の体に隷属の証《あかし》を刻む』――これが魂装〈愛の奴隷《ラブ・スレイブ》〉の能力よ。発動条件こそ厳しいけれど、その支配効果は『絶対』。今日からあなたは、私の忠実な下僕ね」

「……っ」

　体中から力が抜けていき、闇の操作もままならず、頭がボーッとしてきた。

　これは本気でマズいやつだ。

「大丈夫、何も不安に思うことはないわ。すぐに私のことしか考えられなくなるから」

　天子様はギュッと俺を抱き締めながら、耳元で甘く囁《ささや》いた。

（く、そ……っ）

　意識が薄れていく中、

『――てめぇ、誰の許可を得て、俺の世界に踏み込んでんだ……あぁ？』

ひどく機嫌を損ねたアイツの声が響いた。

「う、そ……きゃぁ……!?」

天子様の魂装は粉々に砕け散り、彼女はそのままベッドから転げ落ちる。

直後、隠れていた四人の護衛が一斉に飛び出した。

「なんというおぞましい殺気だ……ッ」

「天子様に対して、何たる狼藉《ろうぜき》！」

「やはり噂《うわさ》通りの男だったか！」

「不届き者めが、死んで罪を償え！」

既に魂装を展開した彼らは、凄《すさ》まじい速度で斬り掛かってくる。

おそらく、政府の抱える上級聖騎士。

それも天子様の護衛を任されるほどの精鋭たちだ。

（まず、い……っ）

俺はまだ〈愛の奴隷《ラブ・スレイブ》〉の支配から、完全に抜け出し切れていない。

明滅する視界・薄弱な意識・覚束《おぼつか》ない手足、状況は最悪だ。

「くっ」

左右にふらつきながらも、なんとか必死に上体を起こす。

「「「――死ねぇえええぇ！」」」

鋭い四つの斬撃が、四方から放たれた。

（回避は――無理だ。抜刀も間に合わない。せめて、闇の衣だけでも……っ）

闇の防御を展開しようとしたそのとき、俺の意思に反して闇の影《ダーク・シャドウ》が発動。

「「「なっ!?」」」

ひとりでに動き出した闇の触手は、一呼吸のうちに護衛たちの魂装をバラバラにし――なんの躊躇《ためら》いもなく四人の腹部を貫いた。

「が、ふ……っ」

「なんなのだ、これは……!?」

「我らが、一瞬で……ッ」

「……あり得、ん……」

魂装を粉砕されたうえ、致命傷を負った彼らは、その場に崩れ落ちる。

（な、なんて威力だ……!?）

俺の闇の影《ダーク・シャドウ》とは、比較にならない破壊力。

（今のは間違いなく、アイツの放った闇の影……っ）

圧倒的な暴力に息を呑《の》んでいると――闇は再び動き始めた。

まるで鞭《むち》のようにしなるそれは、虫の息となった四人へ狙いを定める。

とどめを刺すつもりのようだ。

「やめろ！」

自分の意識を強く持ち、霊核の干渉を断ち切るべく叫べば――闇の影は消滅し、張り詰めた殺気がフッと消えた。

（あ、危なかった……）

レイア先生の言っていた通り、俺の意識がはっきりしている間、あの化物は自由に動けないようだ。

（とにかく、急いで治療しないと……！）

出血多量に加えて意識不明の重体。

このまま放っておけば、一分としないうちに死んでしまうだろう。

いまだ微睡《まどろ》む頭に鞭を打ち、彼らの腹部へ回復用の闇を伸ばした。

「「「う、うぅ……っ」」」

聖騎士たちの傷はみるみるうちに塞がっていき、あっという間に完全回復。

まだ意識を失ったままだけれど、きっとそのうち目を覚ますだろう。

（しかし、危なかったな……）

天子様の〈愛の奴隷《ラブ・スレイブ》〉は、精神干渉系の魂装。その能力は、『条件を満たせば勝ち確定』という恐ろしいものだ。

ただ今回は、精神支配の力が発動する過程において、アイツの眠っている『魂の世界』に触れてしまい……こうなってしまった。

（……酷《ひど》い有様《ありさま》だな……）

改めて周囲を見回せば、そこはまさに『漆黒』。

箪笥《たんす》にベッド、壁に天井――室内のありとあらゆるものが、どす黒く染められていた。

自分の世界に土足で踏み入られたのが、よほど気に食わなかったのだろう。

ヘドロのようにこびり付いた闇からは、身の毛のよだつような怒気が感じ取れた。

「ちょ、ちょっとどうして開かないのよ……！」

顔を青く染めた天子様が、必死にドアノブを回す。

（あの状態じゃ、開きそうにないな……）

扉にはびっしりと闇がこびり付いており、周囲の壁と同化している。

あれなら多分、壁を斬り崩した方が早いだろう。

「お願い、誰か……！　誰か助けて……！」

天子様は軽いパニックを起こしているのか、漆黒の扉を何度も何度も必死に叩《たた》いた。

その手は傷だらけになっており、扉を叩くたびに鮮血が舞う。

アイツの闇は、体から離れた今なお危険なようだ。

(とにかく、落ち着いてもらう必要があるな)

そう判断した俺は、できるだけ優しく声を掛けた。

「天子様。何も怖いことはありませんから、一度落ち着いてください」

「い、いや……来ないで……っ」

彼女は小さく首を横へ振りながら、その場で腰を抜かしてしまう。

どうやら、本気で怖がられてしまっているようだ。

天子様を刺激しないよう、距離を取ったまま話を続けることにする。

「わかりました。それじゃ俺は、ここから絶対に動きません。その代わり――あなたの治療ぐらいはさせてください。そんな状態で放っておいたら、化膿《かのう》してしまうかもしれませんので」

彼女の傷だらけの手を治すため、ゆっくりと闇を伸ばしてみたのだが……。

「いや、やめて……ごめんなさい……っ。私が悪かったですから、どうか命だけは……ッ」

天子様は目尻に涙を浮かべながら、必死に謝罪の言葉を述べた。

（さっき暴走したアイツの闇が、トラウマになってしまったのかもしれないな）
最初に見せた強気な態度は、どこへやらという感じだ。
こう見えて、かなり打たれ弱いタイプらしい。
（さて、どうしたものかな……）
俺がポリポリと頰を掻《か》いていると、
「天子様、今のお声はいったい⁉」
「大丈夫なのですか⁉　どうかお返事をしてください！」
部屋の外から、複数の男の声が聞こえてきた。
おそらく、騒ぎを聞きつけてきた上級聖騎士たちだろう。
そこで俺は、ようやく自分の置かれた絶望的な状況に気が付いた。
（これ……かなりマズくないか？）
漆黒に染まり、荒れ果てた室内。腹部を血で真っ赤に染め、意識を失った四人の護衛。
そして――涙目で許しを請《こ》う天子様。
（……ヤバイ。状況証拠からして、完全に俺が悪者だぞ……）
外の護衛が入ってきたが最後、一巻の終わりだ。
天子様が『本当のこと』を話すとは到底思えない。

きっとすぐに「アレン＝ロードルを捕えろ」と護衛たちに命令するはず。

そうなった場合、俺は国家反逆罪に問われ――死刑は免《まぬが》れないだろう。

(冗談抜きで、真剣にマズいぞ……っ)

血の気がサッと引いていく。

俺のような地位も権力もないただの一般市民が、「冤罪《えんざい》だ」と声高に叫んだところで、
きっと誰も耳を貸してくれない。

片やゴザ村の農民。

片やリーンガード皇国の天子様。

国民がどちらの言葉を信用するか、法廷がどちらの証言を重んじるか――そんなもの、
わざわざ考えるまでもない。

(いったいどうすれば……!?)

本格的に頭を抱えた直後――部屋の外から巨大な爆発音が轟《とどろ》き、数多《あまた》の悲鳴が上がった。

(な、なんだ!?)

天子様の御所リーンガード宮殿での爆発。間違いなく、非常事態だ。

(もしかして、黒の組織か!?)

これまで奴等はリアを――彼女に宿った『幻霊《げんれい》』を執拗《しつよう》に狙ってきた。

可能性として、十分に考えられるだろう。

(いや、落ち着け。確かに外の様子も気になるけど……。今はとにかく、この差し迫った状況をなんとかしないと……っ)

腰を抜かした天子様へ視線を移す。

彼女は外の爆発を気にも留めず、ただ俺のことをジッと見つめて、小動物のようにカタカタと震えていた。

(こんなに怖がられていたら、まともに話もできないな)

まずは『闇の誤解』を解くのが先決だ。

そう判断した俺は、ゆっくりと剣を引き抜き――自分の左の掌《てのひら》を薄く切った。

わずかな痛みが走り、傷口から薄《う》っすらと血が滲《にじ》み出す。

「な、何をしているの……?」

「天子様、よく見ていてくださいね」

俺は右の人差し指に闇を集中させ、それをゆっくり左手の傷口へ滑らせる。

すると――闇の回復効果が働き、切り傷は一瞬にして塞がった。

「う、そ……。噂には聞いていたけれど、本当に『回復系統の魂装』なの!?　あんなに凶暴で、禍々《まがまが》しい力があるのに……!?」

「はい。こう見えて、けっこう優しい力なんです」

実際は違うけれど、天子様を落ち着かせるためにちょっとした嘘《うそ》をつく。

回復系統の魂装は、危険度が低いと考えられているため、その評判を借りたのだ。

「もしよろしければ、天子様の傷も治せればと思うのですが……いかがでしょうか？」

俺がそう言うと——彼女は恐る恐る、傷だらけの右手を前に差し出した。

ほんの少しだけ、警戒を解いてもらえたみたいだ。

「ありがとうございます。それでは、ちょっとだけ失礼しますね」

そう断りを入れてから、彼女の右手へゆっくりと闇を伸ばした。

両者が接触する瞬間、天子様はキュッと目をつぶる。

「……っ」

数秒後、彼女がゆっくり目を開けるとそこには——もとの美しい手があった。

「……温かい闇。さ、さっきのとは、まるで別物だわ」

「あー、すみません。さっきの力は、なんというか……とても『困った闇』なんですよ」

冗談めかしてそう言うと、天子様はクスリと笑ってくださった。

「ふふっ、なにそれ。あなたの能力でしょ？」

「『落第剣士』なものでして、いまだ制御に苦労しているんですよ」

「落第剣士……そう言えば、そんな『ガセネタ』もあったわね。確かあまりにも才能がなさ過ぎて、どこの流派にも入れてもらえなかったとか……？」

「み、耳が痛い話ですね……っ」

正直、そこについてはあまり触れないでほしい。

（よし、そろそろ頃合いだな）

今のやり取りを通じて、天子様が持つ闇への恐怖は、幾分か取り除けたはずだ。

これ以上モタモタしていたら、外の護衛が中に入ってくるだろうし、そろそろ本題へ入るべきだろう。

「ところで天子様、さっきの一件なんですが……。お互い水に流すというのは、いかがでしょうか？」

俺が控え目な提案を口にすると、彼女はキョトンとした表情を浮かべた。

「ゆ、許してくれるの……？　あんなにひどいことをしたのに……？」

「はい、俺の方はそれで構いません」

天子様のやろうとしたことは、実際中々にえげつない。

しかし、彼女の企《たくら》みは失敗に終わった。

何も実害が出ていないことだし、これ以上とやかく言うつもりはない。

「それじゃ、水に流すってことでいいのね？　もう私に……その、怖いことはしないのね⁉」

「えぇ、もちろんです」

「よ、よかったぁ……」

天子様は胸の前で両手を組み、ホッと安堵《あんど》の息を漏らした。

「ただしその代わり、俺があなたの護衛へ反撃した件についても、ちゃんと水に流してくださいね？」

「いいわ。仕方がないから許してあげる」

俺が危険な男じゃないと判断した天子様は、ゆっくりと立ち上がり、尊大な態度でそう言い放った。

普段の調子が戻ってきたようだ。

「ありがとうございます」

俺は軽くお辞儀をしながら、ホッと胸を撫《な》で下ろす。

（あぁ、よかったぁ……）

今回のこれは『人生最大の危機』レベルだった。

正直、俺は話術に長《た》けているわけじゃない。

どちらかと言えば、少し口下手な方だろう。

(上手《うま》く話をまとめられたのは、本当に奇跡だな……)

天子様との問題が無事に解決したところで――闇によって封鎖された扉が斬り崩された。

「「天子様、ご無事ですか!?」」

魂装を手にした剣士たちが、息を揃《そろ》えて突入してきたのだ。

「ロディ、ガンソ、エヴァンズ、トリス!?」

「くっ……貴様が殺《や》ったのか!」

血まみれで倒れ伏す四人の護衛を目にした彼らは、敵意に満ちた目を向けてくる。

「――やめなさい。あなたたちでは、逆立ちをしても勝てないわ。それに、彼らはただ気を失っているだけです。問題はもう解決しました」

天子様はそう言って、いきり立つ護衛を鎮《しず》めた。

「そんなことより、さっきの爆発音。外ではいったい何が起こっているのですか?」

彼女がそう質問を投げ掛けると、護衛の一人が慌てて報告を始める。

「そ、そうでした……っ。実は『神聖ローネリア帝国』から、ビデオメッセージが届いております!　一階の液晶に映像が映し出されておりますので、ぜひこちらへいらしてください!」

「神聖ローネリア帝国からのビデオメッセージ。碌《ろく》な内容ではなさそうですね……」

神聖ローネリア帝国は、五大国としのぎを削る『悪の超大国』。

聖騎士協会の発表によれば、黒の組織は神聖ローネリア帝国の暗部組織という話だ。

「アレン様、一緒に来ていただいてもよろしいですか？」

「はい、もちろんです」

天子様と一緒にリーンガード宮殿の一階へ向かうとそこには、大勢の上級聖騎士たちが集まっていた。

「──アレン！」

こちらに気付いたリアは、すぐに駆け寄ってきてくれた。

「リア、無事でよかった！」

「アレンの方こ、そ……？」

安堵の表情を浮かべた彼女は、突然ピタリと固まる。

「……ちょっとごめんね」

リアは一言そう断りを入れてから、ゆっくりとこちらへ首を伸ばし──クンクンとにおいを嗅ぎ始めた。

「ど、どうかしたか……？」

「………ねぇアレン。あなたの体から、天子様のにおいがするんだけど……どういうこと？　何かあった？」

「っ⁉」

どうやらあのとき──天子様に押し倒されてしまったとき、彼女のにおいが移ってしまったようだ。

「え、えーっとそれは……っ」

「それは？」

リアは微笑《ほほえ》みをたたえたまま、静かに首を傾《かし》げた。

表情はとても優しそうだけど、目がまったく笑っていない。

（どうする⁉）

正直に答えるならば、『天子様に襲われました』ということになるが……。

誰が聞いているかもわからないこんな場所で、それを口にするのは憚《はばか》られた。

それに何より──リアの機嫌を損ねてしまいそうな気がする。

回答に窮した俺は、とても苦しい言い訳でお茶を濁すことに決めた。

「て、天子様は香水をつけていたからさ。多分、におい移りしちゃったんだと思うぞ？」

「………ふーん、そう」

彼女はジト目でこちらを見ながら、ポツリとそう呟《つぶや》く。

……あまり納得してくれてはいないようだ。

俺たちがそんな話をしていると――上級聖騎士たちは天子様の前に平伏《ひれふ》した。

「「――天子様、ご無事で何よりでございます！」」

「ありがとうございます。みなさんも無事でよかった。――ところでロディス、状況は？」

天子様はそう言って、腹心である会長の父ロディス＝アークストリアへ目を向ける。

「宮殿一階に仕掛けられていた三つの爆弾が、同時に爆発したようです。建物に燃え移った火は、既に鎮火を完了。五名の負傷者を出しましたが、全て回復系統の魂装使いによって治療済み。それから――あちらをご覧ください」

ロディスさんは被害状況を簡潔に報告した後、壁に掛けられた巨大な液晶パネルを指差した。

そこには神聖ローネリア帝国の国旗と――残り五十八秒となったタイマーが表示されている。

「あれは神聖ローネリア帝国からのビデオメッセージでございます。今はただタイマーが表示されているだけですが、冒頭に短い機械音声が流れておりました」

「どのような内容でしたか？」

「内容は大きく分けて三つ。一つ、これは神聖ローネリア帝国が皇帝からのメッセージであること。一つ、メッセージは五分後に自動で流れるため、天子様をすぐにこの場へ連れてくること。一つ、ちょっとした土産として、『つまらないプレゼント』を贈ったこと。つまらないプレゼントとは、おそらく先の爆発物のことかと思われます。──天子様、いかがいたしましょうか？」

全ての報告を終えたロディスさんは、静かに天子様の指示を仰いだ。

「そうですね……。とりあえず、皇帝からのメッセージとやらを聞いてみましょうか。どういった行動を取るのかは、その後に決めましょう」

「かしこまりました」

それから俺たちは、静かにメッセージが再生されるそのときを待ち──タイマーがちょうどゼロになった瞬間、液晶から機械音声が流れ始めた。

「──ちょうど五分が経過した。五大国の首脳陣は、集まってくれただろうか？　さて、冒頭でも名乗らせてもらったが、もう一度名乗っておこう。私は神聖ローネリア帝国が皇帝──バレル＝ローネリアだ」

神聖ローネリア帝国の皇帝バレル＝ローネリア。

極端に人目を嫌う彼は、これまで公の場に姿を晒《さら》したことは一度もなく、対外的にメッセージを発する際は、今みたいに機械音声を使うそうだ。

（それにしても『五大国の首脳陣』、か）

おそらくこのメッセージは、リーンガード皇国だけではなく、五大国全てに送られているのだろう。

「いろいろと積もる話もあるが、互いに忙しい身だ。早速本題へ入ろうか」

バレルはゴホンと咳払《せきばら》いをしてから、今回の用件を口にした。

「――我が神聖ローネリア帝国は、五体の『魔族』と友好条約を結ぶことにした」

「「なっ!?」」

リアに天子様、会長にロディスさん――この場にいるほぼ全員が、険しい表情になった。

「……魔族？」

聞きなれない言葉に首を傾げていると、リアが素早く説明をしてくれた。

「魔族は『魔獣』の上位種族で、高度に発達した知能と恐ろしい戦闘力を持つ人類の敵よ。どこから来るのか、何故《なぜ》私たちを敵視するのか、その全てが謎に包まれているわ。歴史上、確認された個体は三体。その時代の七聖剣《しちせいけん》が、多大な犠牲を払って、なんとか討伐したそうよ」

「なる、ほど……」

魔族と帝国の同盟、確かにそれは厄介そうだ。

「まぁ一口に『友好条約』と言っても、そこまで大したものではない。互いの利害が一致した故に結ばれた、薄氷の如《ごと》き協力関係に過ぎぬからな。――さて、予定ではそろそろ『土産』が届く頃だと思うが……どうだろうか？」

バレルがそう言った次の瞬間、リーンガード宮殿の上層階が、文字通り吹き飛んだ。

「「きゃぁあああ!?」」

降り注ぐ瓦礫《がれき》の山・嵐のような突風・舞い上がる砂埃《すなぼこり》。

来賓者の悲鳴が響き、大パニックが巻き起こる。

（くっ、何が起こっているんだ……!?）

俺はすぐさま剣を引き抜き、降り掛かる瓦礫を斬り捨てた。

リアや会長、上級聖騎士のみなさんも同じように落下物を処理していく。

「――リア、俺から離れるなよ！」

「うん、わかってる！」

砂埃が晴れるとそこには――翼を生やした一人の男がいた。ゆっくりと翼をはためかせ、空中からこちらを見下ろしている。

「ほう。『劣等種族』の癖に、まともな霊力を持った個体もいるじゃないか」

俺たちを劣等種族と言い捨てた男は、侮蔑の目を隠そうともせず、一人優雅に自己紹介を始めた。

「──はじめまして、無知蒙昧《もうまい》な劣等種族諸君。俺は誇り高き魔族ゼーレ＝グラザリオ。此度《こたび》は『とある人物』を捜すため、汚《きたな》らしい君たちの住処《すみか》まで足を運んでやった」

ゼーレ＝グラザリオ。

真《ま》っ直《す》ぐな黒髪。姿形は人間とほとんど同じで、身長は百九十センチほど、二十代半ばほどに見える。切れ長の目と真紅の瞳が特徴的な整った顔立ちだ。仕立てのいい燕尾服《えんびふく》を身に纏《まと》い、背中には滅紫《けしむらさき》の禍々《まがまが》しい翼。

どこか超然とした空気を纏っているため、一目で「人間じゃない」とわかった。

大混乱が起こる中、この場にいる全員を代表して、天子様が口を開く。

「はじめまして、ゼーレ＝グラザリオ様。私はリーングラード皇国を治める天子ウェンディ＝リーンガードと申します。早速なのですが、少しお話をしませんか？」

「劣等種族と話すことなどない──普通の魔族ならば、そう断じるところだが……。俺はとても寛大な男だからな。特別に十秒だけ時間をやろう。その足りない頭を必死に巡らせ、要点を掻《か》い摘《つま》んで話すがいい」

「ありがとうございます。ゼーレ様は先ほど、とある人物を捜していると仰《おっしゃ》られていました。もしよろしければ、その御方の名前を教えていただけませんか？」

「知ってどうする？」

「私はリーンガード皇国の君主。この国のことは、他の誰よりも熟知しております。貴方《あなた》様の人捜しにも、きっと協力できると思うのですよ」

天子様は柔らかく微笑み、協力を申し出た。

魔族との直接戦闘は、避ける方針を採るらしい。

「くっ、くくく……っ。ふはははははははは！」

ゼーレは突然腹を抱えて大笑いし、

「薄汚い劣等種族が、崇高なる魔族に『協力できる』だと？　いったい何を言うかと思えば……思い上がるなよ、人間風情《ふぜい》が！」

鬼のような形相で怒鳴り散らした。

凄《すさ》まじい殺気が吹き荒れる中、天子様は毅然《きぜん》とした態度で対話を続ける。

「帝国のバレル皇帝とは、手を結んだと聞いているのですが……？」

「……ふんっ、アレは特別だ。劣等種族の『王』であり、人間離れした『超常の力』を振るう存在だからな」

バレル＝ローネリアは、魔族からも一目置かれているようだ。

「ゼーレ様お一人で、広大なリーンガード皇国から、たった一人の人間を捜し出すおつもりですか？　それはずいぶんと大変なことのように思われますが……」

「はっ、人間の物差しで測るな。魔族の膂力《りょりょく》をもってすれば、こんな小国なんぞ、一日と経《た》たずに調べ尽くしてくれるわ！」

ゼーレは嘲笑を浮かべながら、ひたすらに悪態をつき続ける。

天子様の護衛たちは、血が滲《にじ》むほど強く拳を握りながら、黙ってその光景を眺めていた。

主君を侮辱されるという耐え難《がた》い屈辱をなんとか必死に呑《の》み込んでいるのだ。

「さて、つまらん話はここまでだ。そろそろ『選別』に入るとしよう」

ゼーレは懐《ふところ》に差した剣を引き抜き、凶悪な笑みを浮かべた。

交渉が決裂すると同時――天子様が大きなため息をつく。

「はぁ……。やはり無知蒙昧な魔族如きでは、まともな話し合いすらできませんね」

「……貴様、今なんと言った？」

「すみません、つまらない話はここで打ち切りです。――みなさん、やってしまいなさい」

「「「――〈四門重力方陣《しもんじゅうりょくほうじん》〉ッ！」」」

野太い声が響いた次の瞬間——巨大な緑色の板が、四方からゼーレを圧迫する。

「ぐ、ぬ……っ⁉」

いつの間に意思疎通を図ったのか、会場の四隅には四人の上級聖騎士がポジションを取り、完璧なタイミングで拘束術式を展開した。

「重力系統の能力か……。しかし、四人揃《そろ》ってこの程度とはな！」

ゼーレが重力方陣を破壊せんと動けば、

「「「——水獄《ウォーター・ジェイル》ッ！」」」

透明な水の球体が発生し、その動きを妨害する。

「なん、だと……⁉」

特殊な重力の板と水の牢獄《ろうごく》によって、完全に拘束されたゼーレの背後には——剣を振り上げたロディスさん。

「——殺《と》った！」

一分の無駄もない、完璧な連携。

きっと何度も訓練した動きなのだろう。

(す、凄《すご》い……っ。さすがは政府の護衛を任された上級聖騎士たちだ！)

絶体絶命の危機に立たされたゼーレは——まるで羽虫でも見るような冷たい目をしてい

た。

「呪法《じゅほう》――火虐《かぎゃく》」

「ぬ、ぉ……っ⁉」

ロディスさんは急に姿勢を崩し、剣を振りかぶったまま、真っ逆さまに落下した。

「が、は……っ。ごふ、ごほごほ……ッ」

受け身も取らず、全身を床で強打した彼は、苦しそうに咳《せ》き込んでいる。

（いったい何が起きたんだ⁉）

あまりにも不可解な一幕に混乱していると、背後から呻《うめ》き声が聞こえてきた。

「ぁ、う……っ」

「リア⁉」

彼女は俺の体にしな垂《だ》れかかり、ゆっくりと倒れ伏した。

「どうしたんだ⁉　しっかりしろ、リア！」

「はぁはぁ……苦、しぃ……。体が、熱いの……っ」

「体が熱い？　……なっ⁉」

その額に手を当てると、驚くほどに熱かった。

（どうして急に熱なんか……。いや待て、この紋様は……っ）

彼女の首筋には、赤黒い紋様が浮かび上がっている。

(まさか……『呪い』!?)

呪い。それは魔獣が行使する未知の力。

効果・発動条件・解呪方法――その詳細については、ほとんど何もわかっていない。

(確か魔族は、魔獣の上位種という話だった……)

それならば、ゼーレが呪いを使えたとしても不思議じゃない。

(そうだとしても、いつやられたんだ!?)

敵の攻撃方法について、思考を巡らせていると――一人また一人と、上級聖騎士たちが倒れていった。

「嘘《うそ》……だろ?」

周囲を見回せば、もう誰一人として立っていない。

俺以外の全員、息を荒くして倒れていた。

(こいつ……一瞬で、ここにいる全員へ呪いを掛けたのか!?)

ロディスさんは右手・天子様は胸・会長は首筋、それぞれの体には赤黒い紋様が刻まれている。

みんな、一瞬でやられてしまった。どんな攻撃を受けたのかさえわからずに。

あまりにも絶望的な状況に困惑していると、

「……貴様、何故『呪法』が効かぬ……？」

正面に剣を振り上げたゼーレの姿。

「……っ⁉」

咄嗟《とっさ》に左手で剣を抜き放ち、逆手のまま斬撃を防ぐ。

「ほう、中々の反応速度だな。体捌《さば》きも悪くない」

剣と剣が火花を散らす瞬間、俺は素早くリアを抱き寄せてバックステップを踏み、ゼーレとの距離を取った。

（今のうちに呪いを解かないと……っ）

苦しそうに息をするリアの首元、赤黒い紋様へ向けて闇を伸ばせば――首元に浮かんだ紋様はフッと消え去り、同時に彼女の呼吸が安定した。

意識はまだ戻っていないけど、体の熱はもうすっかり引いている。

このまま安静にしていれば、じきに目を覚ますだろう。

（……よかった）

やはりアイツの闇は絶対だ。

魔獣・魔族の境なく、どんな呪いであろうと消し飛ばしてくれる。

（とにかく、これでみんなを助けることができる！）

後はそう、ゼーレを倒すことさえできれば……！

俺は剣をへその前に置き、正眼《せいがん》の構えを取った。

すると――。

「そ、その『闇』はまさか……『ロードル家』の末裔《まつえい》か!?」

ゼーレは瞳の奥に憎悪《ぞうお》を滾《たぎ》らせながら、ギッとこちらを睨《にら》み付けた。

奴は俺の苗字について、何かを知っているようだ。

「おい貴様、名を名乗れ！」

向こうが先に名乗っているのに、こちらだけ名を隠すのは……さすがに失礼か。

「……アレン＝ロードルだ」

「やはり！　ロードル家の者だったか！　くくく、まさかこれほどあっさりと見つかるとはな……！」

ゼーレは様々な感情の入り混じった複雑な笑みを浮かべながら、スッと右手をこちらに伸ばした。

「貴様には、いろいろと聞かねばならぬことがある。洗いざらい吐くというのならば、命だけは助けてやらんでもないぞ？」

「……なぁ、どこの『ロードル家』と勘違いしてるんだ？」

「ふっ、とぼけても無駄だ。ロードル家の象徴たるその『闇』こそが、何よりの証拠！」

奴はそう言って、天高く剣を掲げた。

「喋《しゃべ》りたくないというのならば、力ずくで吐かせてやろう！　呪法――雷虐《らいぎゃく》ッ！」

ゼーレが剣を振り下ろすと、その切っ先から漆黒の雷が放たれる。

（かなり速いけど、イドラの方がもっと速い！）

迫りくる雷に対し、袈裟《けさ》斬りをもって迎撃。

しかし、

「なんだ、これは!?」

漆黒の雷は蔦《つた》のように剣へ絡《から》み付いてきた。刀身から鍔《つば》へ鍔から柄《つか》へ、剣伝いに俺の体へ迫ってくる。

「はっ、愚か者め！　雷虐の地獄を見よ！」

勝利を確信した奴は雄叫《おたけ》びをあげ、

「……ん？」

俺は小首を傾《かし》げた。

蔦のような漆黒の雷は、俺の手に触れた途端、塵《ちり》となって消滅したのだ。

「雷虐が……消えた⁉　貴様、何故《なぜ》『呪法』が効かぬ⁉　さっきから、どんな手品を使っている⁉」

大きく取り乱したゼーレは、こちらに指を差す。

「第一なんなのだ、その邪悪な闇は⁉　ロードル家の誇る『神聖な闇』はどこへやった！」

「そう言われてもな……」

アイツの闇は最初から邪悪だったし、神聖な闇なんて全く心当たりがない。

「……呪法の効かない奇妙な体、吐き気を催す邪悪な闇。貴様、本当にロードル家の者なのか……？」

「だから……。お前の言うロードル家とは違うって、さっきから言っているだろ」

そんな話をしながら、こっそりと周囲に目を向ける。

（……マズいな。このまま長期戦になれば、みんなの体力がもちそうにないぞ……）

床に倒れ伏した天子様たちは、今も荒々しい呼吸を繰り返している。

（先にみんなの呪いを解ければいいんだけど……）

ゼーレはもう完全に戦闘体勢、さすがにそんな隙はなさそうだ。

つまり今できる最善の行動は——最速で奴を打ち倒すこと！

「ふぅー……っ。次はこっちから行くぞ！」

疑似的な黒剣を握り締め、一歩でゼーレとの間合いを詰める。

「ふんっ、正面からとは芸のない。呪法――水虐《すいぎゃく》！」

奴が指をパチンと鳴らせば、何もない空間から黒い鉄砲水が放たれた。

しかし、それは俺の体に触れた瞬間、黒い粒子となって消滅する。

「こいつ、水虐まで……⁉」

ゼーレの見せたわずかな動揺。

そこへ八つの斬撃を差し込む。

「八の太刀《たち》――八咫烏《やたがらす》！」

「この程度……ッ！」

奴は素早く剣を抜き放ち、八咫烏を完璧に防いでみせた。

八つの火花が空を舞う中、俺は追撃の袈裟斬りを放つ。

「ハアッ！」

「甘いわ！」

こちらの剣閃《けんせん》に合わせて、ゼーレも全く同じ軌道の斬撃を繰り出した。

剣と剣が激しくぶつかり、硬質な音が響く。

「はぁあああああああ！」

「うぉおおおおおおお！」

真っ正面からの鍔迫《つばぜ》り合いは、

「たとえ呪法が効かずとも、脆弱《ぜいじゃく》な人間なんぞ相手にならん！」

ゼーレに軍配が上がった。

「ぐっ⁉」

大きく後方へ吹き飛ばされた俺は、空中で一回転して受け身を取る。

（とんでもない馬鹿力だな……っ）

人間を『劣等種族』と見下し、その膂力《りょりょく》を鼻にかけるだけのことはあるらしい。

（ちょっと厄介だな）

筋力は全ての剣術の基本。

そこで差を付けられているため、この先の戦いは苦しいものになるだろう。

（敵の底が見えてない現状、先に手札を切りたくないんだけど……）

これ以上時間を掛けていたら、天子様たちが危険だ。

（やるしかない、か……）

俺は大きく息を吐き出し、その名を叫ぶ。

「滅ぼせ――〈暴食の覇鬼《ゼオン》〉ッ！」

次の瞬間、空間を引き裂くようにして『真の黒剣』が現れた。

刀身も柄も鍔も、全てが漆黒に彩《いろど》られた闇の剣。

その柄を握れば、まるで暴風のような凄《すさ》まじい闇が吹き荒れる。

（よし、これならいけそうだ……！）

体の奥底から湧き上がる絶大な力。

五感が研ぎ澄まされていくのを肌で感じながら、濃密な漆黒の衣を身に纏《まと》っていく。

「そ、その黒剣はまさか……!?」

黒剣を目にしたゼーレは、何故かワナワナと震えていた。

「なるほど、そういうことだったのか……。道理で呪法が効かないわけだ。道理でおぞましい闇を纏っているわけだ……っ」

奴は合点《がてん》がいったとばかりに頷《うなず》いた後、ニィッと口角を吊《つ》り上げた。

「しかし――まだまだ『未熟』もいいところだな」

「どういう意味だ？」

「貴様は『力』を全く使いこなせていない。その証拠に――俺の首はまだ繋がっている」

ゼーレはそう言って、自分の首をポンと叩《たた》いた。

「もしもその力を完璧に制御していたならば、俺は少なくとも既に七度は殺されているだろう」

奴は〈暴食の覇鬼〉に心当たりがあるらしい。

しかもこの力は、傲岸不遜《ごうがんふそん》な魔族が、素直に敗北を認めるほどのもののようだ。

「とにかく、貴様はなんとしてもここで殺す！　誰も手が出せない化物へ育つ前に、ひどく未熟な今のうちに、殺しておかねばならない！」

ゼーレはそう叫ぶと、手に持つ剣を背後へ放り投げた。

どうやら、魔族もこの力を使えるようだ。

「幽玄《ゆうげん》に幻《まど》わせ――〈死の運び屋《モルサ・ベクター》〉ッ！」

空間を引き裂き、禍々《まがまが》しい魂装が出現した。

ゼーレはそれをしっかりと握り締め、その切っ先をこちらへ向ける。

「アレン＝ロードル。世界の秩序と安寧のため、貴様にはここで死んでもらうぞ！」

「リアに手を出したんだ、それ相応に痛い目を見てもらうぞ！」

こうして俺とゼーレ＝グラザリオの死闘が幕を開けたのだった。

■

俺はゼーレの展開した魂装〈死の運び屋《モルサ・ベクター》〉を注意深く観察する。

刃渡りの長い太刀のような剣、刀身には小さな穴がいくつも空いている。

これまで見たことのない、非常に独特な形の魂装だ。

（魔族の魂装。これまで以上に注意しないとな……）

敵は呪法《じゅほう》という謎の力を使い、百人以上の上級聖騎士を一瞬で倒した恐ろしい魔族。

その化物が、自信ありげに展開した魂装――まずまともな代物じゃないだろう。

（未知の能力を目にしたときは――とにかく攻める！）

攻めて攻めて攻め立てて、その力を『防御』のために吐き出させる。

初回の一撃を『攻撃』のために使わせてはならない。

剣術指南書に書かれた『魂装使いとの戦い方』を反芻《はんすう》しつつ、黒剣を強く握り締める。

（目指すは短期決戦、怒涛《どとう》の連撃で押し切ってやる！）

戦闘方針を定めた俺は、間合いを調整するため、牽制《けんせい》の一撃を放つ。

「一の太刀――飛影《ひえい》ッ！」

漆黒の斬撃は、宮殿の床をめくりあげながら、ゼーレのもとへ突き進む。

「ふむ、なかなかの威力だが……。魔族の膂力をもってすれば、この程度――ハァッ！」

奴は力強い横薙《な》ぎをもって、飛影を軽々と薙ぎ払い――驚愕《きょうがく》に目を見開いた。

「目くらましか⁉」

飛影の背に隠れて間合いを詰めた俺は、その勢いのままに最速の一撃を放つ。

「七の太刀——瞬閃《しゅんせん》ッ！」

音を置き去りにした神速の一撃は、ゼーレの胸部を斬り裂く。

しかし次の瞬間、

「ふっ、ハズレだ」

たった今斬り伏せた奴の体が、まるで霧のように消えた。

「なっ⁉」

直後、背後から聞こえたのは、風を断つ鋭い音。

「後、ろ……⁉」

咄嗟《とっさ》に体をよじった結果、目と鼻の先を鋭い突きが通過する。

俺はすぐさま後ろへ跳び下がり、大きく距離を取った。

(いったい何が起きたんだ⁉)

俺の剣は、確実にゼーレを斬った。

この目ではっきりと見た。

この手でしっかりと感じた。

しかし、奴の体には、当然あるべきはずの太刀傷がない。

（瞬閃が躱《かわ》された、のか……？）

いや、それはあり得ない。

あの距離とタイミング、とても回避できるようなものじゃなかった。

「くく、どうした？　まるで狐《きつね》につままれたかのような、ひどく間抜けな顔をしているぞ？」

ゼーレは口角を吊り上げ、わかりやすい挑発をしてきた。

（ふぅー、落ち着け……。冷静になって、さっきの場面をもう一度考えるんだ）

大きく息を吐き出し、今しがた起きた不可解な現象を思い返す。

（俺の放った瞬閃は、あの場に立っていたゼーレを斬り伏せた――これは間違いない）

しかしその直後、また別のゼーレが現れたのだ。

（辻褄《つじつま》の合わない不可思議な現象。あの不気味な魂装〈死の運び屋《モルサ・ベクター》〉の能力だな……）

幻影を見せる力か、はたまた分身を作る力か、それとももっと別のナニカか……。

（どんな力なのかは、まだ特定できないけど……）

ゼーレが能力を発動したタイミングは、おそらくあのときだ。

俺が飛影に身を隠しながら、距離を詰めたとき――こちらの視界は黒一色に染まっており、奴の姿を目視できていなかった。

きっとあのとき、なんらしかの能力を使ったんだ。

(だったら次は、真っ正面から斬り掛かる！)

あの不思議な現象を看破し、〈死の運び屋〉の能力を暴《あば》く。

それがゼーレに勝つための最善手だ。

「――行くぞ！」

重心を落として前傾姿勢を取れば、

「くくっ、何度やっても無駄だ！」

奴は余裕綽々《よゆうしゃくしゃく》といった様子で、肩を竦《すく》めてみせた。

俺は大きく一歩踏み込み、再び必殺の間合いへ侵入を果たす。

(さぁ、どう動く⁉)

しっかりと目を見開き、ゼーレの一挙手一投足をつぶさに観察する。

すると奴は――切っ先をこちらに向けたまま、独特な軌道で剣を上段に構え、隙だらけの腹部を晒《さら》した。

差し迫った危機を目にしながら、回避や反撃をするのではなく、その奇妙な構えを優先したのだ。

(これ、は……⁉)

竹笛のような音色が、ほんのかすかに聞こえた。

「七の太刀――瞬閃ッ！」

神速の居合斬りがゼーレを斬り裂き――奴の姿が霧散する。

「ふはっ、無駄だと言っただろうが！」

再び背後から姿を現したゼーレは、殺意の籠った三連突きを放つ。

「ぐっ⁉」

なんとか二発は凌《しの》いだものの、打ち漏らした一発が左肩へ突き刺さる。

（なるほど、そういうことか……！）

今の一幕で、ようやくゼーレの力がわかった。

「〈死の運び屋《モルサ・ベクター》〉の能力は――『音』だな？」

「ほう。戦いの最中、あの超音波を拾ったか……。さすがにいい耳をしているな」

奴はそう言って、刀身にいくつもの穴が空いた魂装を振るう。

すると――風が穴を通過し、先ほど聞こえた竹笛のような小さな音が鳴った。

「特定パターンの音色を奏《かな》で、それを耳にした相手に幻覚を見せる能力……と言ったところか？」

さっき瞬閃で斬り裂いたゼーレは、おそらく『幻影』のようなものだろう。

「『ご明察』、と言いたいところだが……。〈死の運び屋〉は、それほど安い能力ではな
い！　魔笛《まてき》・剛魔《ごうま》の章ッ！」

ゼーレは『舞』を思わせる流麗な動きで、素早く三度剣を振るった。

奇妙な旋律があたり一帯に鳴り響き、奴の両手両足へ赤い血のようなものが巻き付く。

「……肉体強化？」

「見るがいい、この圧倒的な腕力と脚力を！　もはやこれまでの俺とは、比較することさえおこがましいの、だッ！」

ゼーレが床へ魂装を叩き付ければ、そこに巨大なクレーターが生まれた。

（凄まじい腕力だな）

その圧倒的な力は、まるで強化系の魂装使いのようだ。

「まだ終わらんぞ！　魔笛・幻魔《げんま》の章ッ！」

奴が天高く剣を掲げると、その姿が四人に分裂した。

「なっ⁉」

「これらは全て、貴様の脳が生み出した幻影に過ぎぬが……油断はしてくれるなよ？　幻影に斬られた痛みや斬撃による衝撃は、全て現実のものとなるのだ！　聴覚を支配し、脳を揺さぶり、現実を改変する！　これこそが、〈死の運び屋〉の誇る恐るべき催眠能力

だ!」

四人のゼーレは全く同じ構えを取り、一気に突撃してきた。

「「「「──アレン＝ロードル! 貴様が世界に大変革を起こす前に……ここで仕留めるッ!」」」」

斬り下ろし・袈裟《けさ》斬り・突き・薙ぎ払い──殺意の籠った鋭い斬撃が繰り出される。

「〈死の運び屋〉、確かに厄介な能力だが……これで終わりか?」

俺は〈暴食の覇鬼《ゼオン》〉を水平に構え、そのまま横薙ぎの一閃を放つ。

次の瞬間、『黒い閃光』が四人のゼーレを黒く塗り潰した。

「「「か、は……っ⁉」」」

三つの幻影が消滅し、残った本体が膝を突く。

「あ、あり得ん……ッ。その未熟な状態で、何故《なぜ》これほどの出力を……⁉」

かなりの深手を負った奴は、まるで化物を見るかのような目でこちらを見つめた。

(筋力を強化する剛魔の章・幻影を見せる幻魔の章、確かにどちらも厄介な能力だ)

しかし、単純な『出力』において、こちらの闇が圧倒的に上を往《い》く。

(能力のネタは割れた。そろそろ反撃に出るか……!)

俺が黒剣を正眼《せいがん》に構えると、ゼーレは幽鬼《ゆうき》のようにゆらりと立ち上がる。

「……殺さなくてはならない。貴様だけは、絶対に……！」

奴は血走った目でこちらを睨《にら》み付けながら、〈死の運び屋《モルサ・ベクター》〉を力強く握った。

何故そこまで、俺を目の仇《かたき》にするのか。

ゼーレの言う『ロードル家』とはなんなのか。

どうして〈暴食の覇鬼《ゼオン》〉のことを知っているのか。

（いろいろと聞きたいことはあるけど、今は話をしている時間すら惜しい）

まずは速攻でゼーレを叩《たた》き、それからみんなの呪いを解く！

奴から情報を聞き出すのは、全てが終わってからだ。

「――行くぞ！」

闇の出力を一気に引き上げた俺は、全力で床を踏み抜き――ゼーレとの間合いをゼロにする。

「は、や……!?」

こちらの動きに反応できなかったのか、全身隙だらけだ。

「桜華一刀流《おうかいっとうりゅう》奥義《おうぎ》――鏡桜斬《きょうおうざん》ッ！」

鏡合わせのように左右から四撃ずつ、目にも留まらぬ黒い斬撃を放つ。

「……ッ」

無傷で凌ぐことは不可能、そう判断したのだろう。

ゼーレはダメージを覚悟した険しい顔付きで、大きく後ろへ跳び下がった。

「ぐ……っ」

闇の斬撃が奴の手足を搦《から》め捕り、鮮血が宙を舞う。

（もう一押し……！）

追撃の一手を打つべく、前傾姿勢を取ったそのとき、

「こ、の……誇り高き魔族を舐《な》めるなぁあああ！」

ゼーレは突然、耳をつんざくような雄叫《おたけ》びを上げた。

すると――奴の体にあった太刀傷が、みるみるうちに塞がっていく。

瞬閃で斬り裂かれた胸部・鏡桜斬で負った手足の太刀傷、その全てがあっという間に完治した。

「どうだ、魔族の回復能力は⁉　劣等種族のそれとは、格が違うだろう⁉」

「確かに凄《すご》いけど……。それならどうして、斬られた後すぐに傷を治さなかったんだ？」

痛みや出血は、体の動きを鈍らせる。

優秀な回復手段があるのならば、負傷後すぐに治療するのが合理的だ。

それをしなかったということはつまり――。

「使用回数に制限があるのか、体力・霊力を著しく消耗するのか。とにかく、なんらしかの制限があるんだろ？」

「……はっ、浅ましい考えだな。魔族は生態系の頂点に君臨する『究極の生命体』。そのような制限など存在せん！」

「そうか。それなら、そうい、い、いうことに、に、しておく、か、……よッ！」

俺は一気に距離を詰め、ゼーレに斬り掛かり、激しい剣戟《けんげき》が始まった。

数多《あまた》の斬撃がぶつかり合い、いくつもの火花が散る。

「ハァ！」

「ぐ、ぬ……っ」

一合《ごう》二合と斬り結ぶたび、ゼーレの体に深い太刀傷が刻まれ、それらは瞬《また》く間に塞がっていく。

しかし、

（……遅いな）

その回復速度は、目に見えて鈍くなっていた。

（やっぱりさっきの発言は虚勢《ブラフ》だ。魔族の回復能力は、決して無限じゃない）

負傷・回復というサイクルを繰り返すごとに、ゼーレの息遣いは荒く、動きのキレが悪くなっていく。

おそらく奴の回復能力には、『体力・霊力による制限』が存在するのだろう。

何度も剣を重ねていくと、再び鍔迫《つばぜ》り合いの状況が生まれた。

「はぁあああああああ……ッ！」

「うぉおおおおおお……ッ！」

種族的な筋力差によって、一度は敗れた力勝負だが……。

「――らぁッ！」

〈暴食の覇鬼〉を展開した今回、圧倒的な勝利を収めた。

「くそ、が……ッ」

大きく吹き飛ばされたゼーレは、大きく翼をはためかせ――器用にも空中で姿勢を維持する。

「はぁはぁ……魔笛《まてき》・斬魔《ざんま》の章ッ！」

奴が素早く太刀を振るえば、突如出現した数百の白刃《はくじん》が一斉に放たれた。

俺がこれまで苦手としてきた、遠距離からの連続攻撃。

しかし、それについてはもう対策済みだ。

「――闇の影《ダーク・シャドウ》」

巨大な闇の塊が、大口を開けた化物のように全ての白刃を食らい尽くす。

「ぐっ、本当に厄介な能力だな……ッ」

ゼーレは不快気な表情で、舌を打ち鳴らした。

「……なぁ、まだ終わってないぞ？」

魔笛・斬魔の章を食らった闇は、既に次なる標的ゼーレのもとへ殺到している。

「な、にぃ……!?」

絶大な威力を誇る闇の影は、大空に浮かぶ奴の体を丸呑《まるの》みにした。

「ぁ、が……っ」

まるでボロ雑巾のようになったゼーレは、重力に引かれて落下し、そのままの勢いで全身を強打。

「はぁ……はぁ……っ」

かろうじて息はあるものの、体力・霊力共に限界が近いからか、回復は遅々として進まない。

（勝負あり、だな）

あの状態じゃ、戦闘続行は不可能だ。

（よし、今のうちにみんなの呪いを解こう）

俺が闇の衣を解除したそのとき、

「腹立たしいこと……この上ない、が……。今回は、退《ひ》かせてもらおう……ッ」

ゼーレはボロボロになった翼をはためかせ、ゆっくりと空へ浮かび上がった。

「アレン＝ロードル、これで勝ったとは思うなよ……？　貴様がこの地にいるという情報、今回はこれだけで十分過ぎるほどの戦果だ。次は百の同胞を引き連れ、血祭りにあげてやる！　そのときはもちろん、この国にいる劣等種族も皆殺しだ……ッ！」

奴は憎悪《ぞうお》に瞳を揺らしながら、呪詛《じゅそ》の言葉を吐き散らした。

「そんな満身創痍《そうい》の状態で、逃げられると思っているのか？」

一体の魔族が侵入するだけで、こんなに大きな被害が出るんだ。

それが百体ともなれば、リーンガード皇国が滅びかねない。

（ゼーレは確実に、ここで仕留める……！）

黒剣に大量の霊力を注《つ》ぎ込み、冥轟《めいごう》を撃つ準備を整えた。

「ふっ、もはや呆《あき》れるほどの大出力だな……。しかし、本当にいいのか？」

「どういう意味だ？」

「その斬撃を放てば、確かに俺を仕留められるだろう。だがその場合――貴様以外の全員が死ぬぞ？」

奴は悪意に満ちた邪悪な笑みを浮かべ、〈死の運び屋〉を振るった。

「魔笛・殲魔《せんま》の章ッ！」

次の瞬間、幾千もの白刃が出現し、それらは全てリアたちに向けられた。

「なっ、卑怯《ひきょう》だぞ⁉」

一騎打ちで勝ち目がないと悟ったゼーレは、最後の力を振り絞って、リアたちを人質に取ったのだ。

「くくく……さぁ、どうする？　俺を殺し、人質を見殺しにするか。それとも俺を見逃し、お仲間を全員助けるか。道は二つに一つだ」

ゼーレは余裕に満ちた表情で、難しい選択を求めてきた。

（闇の影を一気に展開し、白刃を全て呑《の》み込めば……いや、無理だ。さすがにこの数は、間に合わない……っ）

ゼーレは絶対に逃しちゃいけない。

百体もの魔族が押し寄せれば、この国は文字通り地獄と化してしまう。

（だけど……ッ）

リア・会長・天子様、その他大勢の上級聖騎士の人たち。みんなを見殺しにすることなんて……できるわけがない。

「……わかった。好きにしろ。ただしその代わり、リアたちには手を出すな」

「くっ、くくく……ハーハッハッハッハ！　その『甘さ』こそ、人間という劣等種族が抱える大きな欠陥だ！」

ゼーレが勝ち誇った顔で、嘲笑を撒《ま》き散らした次の瞬間、

『――クソガキ、特別に力を貸してやる。てめぇの情報を持ち帰られる前に、あの魔族《ごみ》は確実に仕留めやがれ』

それは瞬《まばた》きの間に起きた。

ほんの一瞬の出来事だった。

「……え？」

「馬鹿、な⁉」

桁外れの闇がリーンガード宮殿全体を丸呑みにし――リアたちへ向けられた幾千もの白刃を、刹那のうちに食らい尽くした。

「このふざけた霊力……ッ。やはりそこにいたのか、ゼオンッ！」

ゼーレは顔を真っ青にしながら、怯《おび》えの混じった怒声を張り上げる。

（……ありがとな）

どうしてアイツが助けてくれたのかは、わからないけれど……。

（これで、心置きなくゼーレを仕留めることができる！）

俺は黒剣に霊力を集中させ、上空に浮かぶ奴へ狙いを定めた。

「く、そ……っ。くそくそっ、くそぉおおお……ッ！」

ゼーレは泡を吹きながら、全速力で逃げ出した。

同時に——俺はありったけの闇を展開する。

それはリーンガード宮殿を越え、オーレストの街をも侵食していく。

「あ、あり得ない……っ。なんて、出力だ……!?」

どこまでも冷たく、どこまでも暗く、どこまでも邪悪なアイツの闇。

それを視認したゼーレは、思わずその場で息を呑《の》んだ。

「——お前はやり過ぎた」

「……っ」

こいつはリアたちへ、二度も攻撃を加えた。

——決して許せることじゃない。

「終わりだ……ゼーレ！」

天高く黒剣を掲げれば、立ち昇る闇が一面の青空を漆黒に染めていく。

「く、そぉおおおおおお……ッ」

奴は恐怖を振り切り、逃走を再開した。

ボロボロになった翼をはためかせ、リーンガード宮殿から飛び去っていく。

俺はしっかりと狙いを定め、渾身《こんしん》の一撃を解き放つ。

「六の太刀──冥轟ッ！」

地上に影を落とすほどに巨大な斬撃が、凄《すさ》まじい速度で突き進む。

「こ、の……劣等種族がぁあああああああっ！」

冥轟の直撃を受け、『黒い塊』と化した奴は、オーレスト近郊の森へ落下した。

（本当に丈夫だな）

あの一撃を受けても、ゼーレはまだかすかに動いていた。

（さすがは『魔族』と言ったところか……）

強靭《きょうじん》な肉体・凄まじい回復力・驚異的な耐久力──確かに基本的な能力は、俺たち人間を遥《はる》かに超越している。

（だけど、あのダメージだ。少しぐらい放っておいても、遠くへは逃げられないだろう）

とにかく今は、みんなの呪いを解くのが最優先だ。

そうして俺が治療に行こうとすると──不機嫌そうなアイツの声が、脳内に響きわたる。

『──おぃ、クソガキ。さっさと止《とど》めを刺しに行け！　あんな雑魚《ざこ》でも一応は『魔族』、生命力は人間の比じゃねぇ。ちんたらしてっと逃げられちまうだろうが！』

「悪い、ちょっとだけ待ってくれ。ゼーレを捕まえるのは、みんなに掛けられた呪いを解いてからだ」

何人かの上級聖騎士たちは、呪いの苦痛に耐えかねて痙攣《けいれん》を起こし始めている。

このまま放っておいたら、死んでしまうかもしれない。

『そんなカスどもの命なんざ、どうだっていいだろうが！　あの魔族を逃せば、てめぇの身が危ねぇんだぞ？　んなこともわからねぇのか……あぁ!?』

「わかってるよ。それでも……俺のことは後でいい。まずはみんなを治す」

ここにいる全員を治療するのに、そう時間はかからない。

きっと二・三分もあれば、お釣りがくるはずだ。

すると――妙な『独り言』が脳内に響いた。

『てめぇのその糞《くそ》甘くて、糞頑固なところは、本当にアイ、アイツそっ、く、り、だな……』

「『アイツ』？」

『……なんでもねぇ、今のは忘れろ』

珍しく、歯切れの悪い回答だった。

『とにかく、あの魔族だけは絶対に逃すな……いいな？』

「あぁ、わかっているよ」

万が一ゼーレを取り逃した場合、この国は文字通りの地獄と化してしまう。

それだけは、絶対に阻止しなければならない。

俺はその後、みんなの体に浮かび上がった赤黒い紋様を闇で消し、ゼーレの呪いを解いて回った。

「ふぅ……。こんなところか」

全員の呪いを解き終え、ようやく一息をつく。

（しかし、誰も起きてこないな……）

呪いのダメージが大きかったのか、天子様たちは誰一人として目を覚まさない。

（これ、ちゃんと治ってるよな……？）

一抹の不安を覚えていると、

「う、うぅん……っ」

真っ先に呪いを解いたリアが、ゆっくりと目を覚ました。

どうやら、治療はうまくいっていたようだ。

「リア、よかった！　体は大丈夫か？」

「……体？　……っ⁉　そうだ、あの魔族は⁉」

彼女は勢いよく立ち上がり、慌ただしく剣を抜き放った。

この様子だと、もう心配はなさそうだ。

「大丈夫、ゼーレなら俺が倒したよ」

「うそ、あんな恐ろしい力を使う化物を……たった一人で……!?」

「あぁ、ちょっと手こずったけどな」

「さ、さすがはアレンね……」

どこか呆れ半分といった様子のリアは、キョロキョロと周囲を見回し始める。

「ところで、ゼーレはどこ？　もしかして……跡形もなく消しちゃったとか？」

「さすがにそこまではしてないよ。空を飛んで逃げようとしたから、冥轟で撃ち落としたんだ」

「あの偉そうな魔族が、尻尾を巻いて逃げ出すぐらいには圧倒したのね……」

「まぁとにかく、ゼーレは今この近くの森にいる。すぐにでも捕獲しに行きたいんだけど……。俺がここを離れる間、リアは天子様や会長たちを守ってくれないか？」

意識のない彼女たちをこのまま野晒《のざら》しにしておくわけにはいかない。

「ええ、もちろん構わないわ。だけど、気を付けて。相手は全てが謎に包まれた魔族。少しでも危険を感じたら、絶対に無茶をせずちゃんと戻ってきてね？」

「あぁ、わかった」

こうして俺は、撃墜したゼーレを捕獲するために近くの森へ向かうのだった。

■

オーレスト近郊に位置する森の中。

瀕死《ひんし》の重傷を負ったゼーレ＝グラザリオは、地べたを這《は》いずりながら移動していた。

「はぁはぁ……っ」

アレン＝ロードルの抹殺に失敗した彼は、かつて経験したことのない屈辱に歯を食いしばる。

（くそ、くそ……っ。なんて無様な姿だ……ッ）

遅々として回復の進まない――まさにボロ雑巾となった自分の体に苛立《いらだ》ち、胸の奥より憎しみの炎が燃え上がる。

（絶対に……絶対に許さんぞ、アレン＝ロードル……！）

ドロドロとした憎悪《ぞうお》を胸の奥に滾《たぎ》らせながら、怨敵への恨みを糧《かて》に少しずつ移動していく。

（なんとしても生き延びて、同胞たちに伝えなくては……。俺が手にした、アレン＝ロードルの情報を……！）

ゼーレが大地を這いずり、必死にアレンから逃げようとしていると、

「――おっ？　いましたよー、リゼさん！　魔族っぽいのを発見したっす！」

ピエロ衣装を身に纏《まと》った胡散臭《うさんくさ》い男――クラウン＝ジェスターが、木々の間からひょっこりと現れた。

「んー……どれどれ？　あらら、これまたえらい手酷《てひど》くやられたもんやなぁ……」

その後ろから姿を見せたのは、艶《あで》やかな着物に身を包んだ狐《きつね》目の女――リゼ＝ドーラハイン。

「……なんだ、ただの劣等種族か」

正体不明の人間を目にしたゼーレは、内心ホッと安堵《あんど》の息をつく。

『ただの人間』であれば――アレンのような例外でもなければ、呪法によってすぐに殺せるからだ。

「今は貴様等のようなゴミに構っている暇はない。呪法《じゅほう》――火虐《かぎゃく》」

不可視の『呪い』が吹き荒れた次の瞬間、

「干せ――〈枯傘衰《かれさんすい》〉」

火虐は不思議な力によって、かき消されてしまった。

「なんや、いきなり物騒やなぁ……。少しぐらいお話ししようや？」

リゼはそう言って、ケラケラと楽しげに笑う。

「な、何故《なぜ》呪法が効かない……っ。まさか貴様等も……⁉」

そこまで口にしたゼーレは、突然喉元を押さえ始めた。

（い、息が……⁉　この劣等種族……いったい、どんな力、を……っ）

重度の酸欠に陥った彼は、そのまま意識を手放す。

「──捕獲完了やな。さっ、クラウン。アレンくんがここへ来んうちに、早いとこうちの屋敷まで運んでまうで」

「了解っす！　ふふふっ……魔族の体、一回じっくりとイジッてみたかったんすよねぇ……！」

狂気の笑みを浮かべた彼が、ゼーレを小脇に抱えたそのとき、

「……あり？」

確かに捕らえたはずのゼーレが、綺麗《きれい》さっぱり消えてなくなった。

「──ひょっほっほ。悪いが、こやつの身柄は預からせてもらうぞ」

リゼとクラウンが振り返るとそこには──背の低い老爺《ろうや》が立っていた。

頭髪も眉毛も髭《ひげ》も、全てが真っ白。片手で杖《つえ》をつき、腰ははっきりと曲がっている。

彼の足元には、荒縄で拘束されたゼーレが転がっていた。

（……おかしいっすねぇ。いったいどうやって、ボクからゼーレを奪ったんだ？）

それはあまりにも不思議な現象だった。

いつ、接近されたのか。

いつ、奪われたのか。

いつ、離れたのか。

超一流の剣士であるクラウンが、その一切を感知することができなかった。

まるで時間でも止められたかのような、そんな錯覚を覚えるほど、不自然な現象だった。

（魂装の能力、そう考えるのが妥当っすねぇ……）

そうして彼が思考を巡らせていると、

「おやおや、これはまたえらい大物の登場やなぁ……。会いたかったでぇ――時の仙人？」

「ひょほ？　まさかこの年にして、こんな別嬪《べっぴん》さんに求められるとはのぉ……。いやはや、長生きはしてみるものじゃなぁ……」

どこか嬉《うれ》しそうに呟《つぶや》く時の仙人へ、彼女は質問を投げ掛けた。

「そこの魔族――ゼーレ＝グラザリオを捕まえて、なんに使うつもりなんや？」

「ひょほほ。こんなものは、なんの役にも立たんよ。まぁ強いて言うのであれば……ちょ

っとした『情報規制』じゃな」

「情報規制ねぇ……。ゼオンに時の仙人――あんたら二人して、何を企《たくら》んどるん？」

「ほう……。あやつのことまで知っておるとは、若いのに随分と危ない橋を渡っておるようじゃな」

時の仙人は感心したように何度か頷《うなず》いた後、いつになく真剣な表情を見せた。

「これは遥《はる》か昔の契《ちぎ》りじゃ。お主ら若者が、口を挟むようなことではない」

『これ以上は、何も話さん』という明らかな拒絶。

その直後――時の仙人を中心とした半径数メートルが陥没した。

木々はひしゃげ、岩は押し潰され、大地は抉《えぐ》れ――凄《すさ》まじい破壊の嵐が吹き荒れる。

「ひょほほ！　これは中々、強烈な力じゃのぅ……！」

クラウンの放った不可視の一撃。

それを事もなげにやり過ごした時の仙人は、楽しげに笑う。

彼の足元には、先ほどと全く同じ状態のゼーレが転がっていた。

「噂《うわさ》の『透明化』っすか。便利な能力っすねぇ……」

好奇心を刺激されたクラウンが、さらなる力を解放しようとした瞬間、

「――やめとき」

鋭い制止の声が響いた。

「さすがに今、時の仙人とやり合うのはしんどいわ。それに何より、そろそろアレンくんがここへ来てしまう。──撤収や」

「……了解っす。はぁ……貴重な魔族の実験体が……」

クラウンはがっくりと肩を落とし、霊力の放出をやめた。

「なぁ時の仙人、また今度ゆっくりお茶でもどうや？」

「ひょほ！　お主のような美人から誘われたら、どこであろうと飛んでいくわい！」

「ふふっ、上手やなぁ。ほな、また今度会おな」

そうしてリゼとクラウンは、静かにその場を去った。

「ふむ、念のため顔を出しといて大正解じゃったな……」

足元で気絶しているゼーレに視線を落とし、時の仙人はポツリと呟く。

それから彼は、ゼオンだけが読めるように古代文字でメッセージを残し、

「さて、釣りの続きでもするかのぉ……」

ゼーレを雑に引きずって、森の奥深くに消えていくのだった。

■

みんなの呪いを解いた俺は、ゼーレを捕獲するために一人で森へ向かう。

(……凄《すご》い騒ぎだな)

道すがら通ったオーレストの街は、まさに大パニック。

とにかくリーンガード宮殿から離れようとする人。

大急ぎで店仕舞《みせじま》いに勤《いそ》しむ人。

どうしたらいいのかわからず、その場で立ち竦《すく》む人。

大混乱中の街を走り抜け、ゼーレの落下した森へ到着。

鬱蒼《うっそう》とした草木を掻《か》き分け、足早に進んでいく。

(確か、このあたりだったよな)

冥轟《めいごう》の直撃を受けた奴は、ここら辺に落ちていったように見えた。

(あの傷じゃ、そう遠くにはいけないだろうけど……)

魔族には、恐ろしいほどの回復能力がある。

(あれからもう十分ぐらいは経過した。あまりモタモタしている時間はないぞ……)

翼を回復されれば、空を飛んで逃げられてしまう。

ゼーレを見逃さないよう細心の注意を払いつつ、森の奥へ進んでいくと——とんでもない光景が目に飛び込んできた。

「なんだ、これは……!?」

ぽっかりと開けた空間に広がっていたのは、とてつもない『破壊の跡』。

ひしゃげた木々、割れた岩、大きく陥没した地面。

まるでそこだけ重力が百倍になったかのような、とても奇妙で不可解な空き地だ。

「これは……ゼーレの仕業なのか？」

様々な可能性を考慮しながら、深く抉られた大地をそっと指で撫《な》でた。

（……湿っている）

まだ表面が乾燥していないということは……この凄まじい破壊は、ほんの少し前に起きたということだ。

（ゼーレか、それとも全く別の敵か……）

どちらにせよ、かなりの実力者であることは間違いない。

静かに剣を引き抜き、周囲に視線を巡らせていると――脳内にアイツの声が響く。

『――おい、クソガキ』

「なんだ？」

『あの木の下、何か書かれてあるぞ』

「『あの木の下』って……」

……どの木の下だよ。

心の中でそんな突っ込みを入れつつ、いくつかの木の根元へ視線を向けると――確かにあった。

「なんだこれ？」

とある大きな木の下には、見たことのない『奇妙な線』が描かれている。

「もしかして……『文字』か？」

なんとなく規則性のようなものがありそうだけど、こんな文字は今まで見たことがない。

魔族が使う文字？　それとも何かしらの暗号か？

『……なるほどな。おぃ、もういいぞ』

「もういいって、どういうことだよ」

『あの魔族については、もう心配いらねぇ。――とにかく、俺は寝る』

「ちょ、おい!?　ちゃんとわかるように説明してくれよ！」

その後、何度アイツに話しかけても返答は一切なかった。

「まったく、本当に自分勝手な奴だな……」

ただまぁ……アイツが断言しているからには、きっと大丈夫なんだろう。

(どうしてもう心配ないと判断したのか、理由を教えてもらいたいところだけど……)

残念ながら、あれはそこまで親切じゃない。

「はぁ……。仕方ない、帰るか……」

こうして俺は特に何かをすることもなく、リーンガード宮殿へ引き返すのであった。

■

スッキリしない気持ちのまま、先ほど通って来た道を引き返し――上階が丸々吹き飛び、一階部分だけになったリーンガード宮殿に到着。

（本当に悲惨な状態だな……）

天子様の御所は、まるで廃墟《はいきょ》と化していた。

（魔族、か）

今思い返しても、恐ろしい敵だ。

呪法《じゅほう》という強力な力・人間離れした身体能力・驚異的な回復能力、そして何より――一切の躊躇《ためら》いがない。

人間を劣等種族と見下しているため、情け容赦なく殺すつもりで攻撃してくる。

（神聖ローネリア帝国は、五体の魔族と友好条約を結んだという話だったよな……）

ゼーレクラスが残り四体。

考えるだけで、頭が痛くなってくる。

（……これから先、どうなっていくんだろう）

今回の一件は明らかな『戦争行為』。

神聖ローネリア帝国は、リーンガード皇国へ弓を引いた。

(この件に対して、天子様がどういう対応を取るのかはわからないけれど……)

この先、帝国との激しい衝突が予想される。

下手をすれば、世界規模の大きな戦争が起こるかもしれない。

(なんか気が重くなってくるな……)

そんなことを考えながら、リーンガード宮殿へ足を踏み入れると、

「──あっ、アレン！　よかった、無事だったのね！」

いち早くこちらに気付いたリアが、嬉しそうに駆け寄って来てくれた。

「あぁ、ありがとう。天子様たちは……もう大丈夫そうだな」

周囲を見回せば、そこにはすっかり顔色のよくなったみんなの姿があった。

「アレンのおかげで、みんなもうすっかり元気になったわ」

「そうか、それはよかった」

俺とリアがそんな話をしていると、天子様がゆっくりとこちらへ歩いてきた。

「──アレン様、このたびは本当にありがとうございます。魔族の撃退並びに呪いの解呪、勲章の授与に値するほどの素晴らしい活躍でした。この国に住む全国民を代表し、感謝の

言葉を申し上げます」

猫をかぶった天子様は、文字通り『天使』のような微笑《ほほえ》みを浮かべながら、労《ねぎら》いの言葉を口にする。

「いえ、俺は当然のことをしただけです」

俺がそう返事をすると――彼女はこちらに近付き、小さな声で耳打ちをした。

「あなたのそういう謙虚で真《ま》っ直《す》ぐなところ……大好き。また今度、どこかで遊びましょう――ね、アレン？」

「あ、あはは……。そのときは、ぜひお手柔らかにお願いします」

「ふふっ、考えておくわ」

天子様はそう言って、上級聖騎士たちのもとへ戻った。

（はぁ……。これはまた面倒な人に目を付けられたな……）

そんな風にため息をついていると、背後からポンと肩を叩《たた》かれる。

振り返るとそこには――会長の父ロディス＝アークストリアが立っていた。

「……アレン＝ロードル。噂とは違い、少しは気骨のある男のようだな」

彼は一言だけそう呟《つぶや》き、ジッとこちらを見つめたまま黙り込む。

「ろ、ロディスさん……？」

「…………友達からならば、認めてやらんこともない」

「え？」

「ふんっ、察しの悪い奴め。――シィとの関係についてだ」

「あぁ、なるほど……」

そう言えば、そんな話もあったっけか……。

魔族の襲撃というとんでもない大事件があったせいで、すっかり忘れてしまっていた。

「貴様の働きにより、リーンガード皇国は滅亡の危機から脱した。その功績をもって、星の数ほどいるシィの友達の中の凡庸な一人としてならば――認めてやってもいいだろう」

「あ、あはは……ありがとうございます」

国を救う働きをして、ようやく『お友達』からなのか。

（彼女と付き合うには、それこそ世界征服でもする必要がありそうだな……）

俺が苦笑いを浮かべていると――宮殿の一角に集まる不審な集団が目に入った。

彼らはチラチラとこちらに視線を送っては、小声でヒソヒソと話し合っている。

「ど、どうする⁉　考えようによっては、『アレン＝ロードルと縁を結ぶチャンス』だぞ⁉」

「数々の黒い噂《うわさ》はあるものの、その実力はまさしく本物だった。彼と顔を繋《つな》いでおけば、うまい話に与《あずか》れるやもしれん……」

「しかし、危険ではないか？　奴はあの『血狐《ちぎつね》』とも通じておると言うし……」

「いいや、儂《わし》は行くぞ！　たとえどことと通じていようが、たった一人で魔族を撃退するほどの圧倒的な『武力』……！　アレン＝ロードルとの関係は、必ずやプラスになるだろう！」

「あっ、おい待て！　一人だけ抜け駆けは許さんぞ……！」

　不審な集団は何やら大きな声をあげたかと思えば──突然、凄《すさ》まじい勢いでこちらへ駆け寄ってきた。

「アレン殿……！　いやぁ、このたびはとんでもない大活躍でございました！　実は私、こういうものでして──」

「いやいや、アレン様！　こんなしょうのない金貸しなどではなく、ぜひ儂と一緒に──」

「なんのなんの！　オーレストの街では、知る人ぞ知るガーベスト不動産！　その経営者である私と繋がりを持った方が──」

「いやいやいや──」

「なんのなんの──」

名刺を手にした彼らは、勝手にヒートアップしていき、最終的には喧嘩《けんか》を始めてしまった。

「えーっと……？」

わけのわからない事態に困惑していると、リアが俺の服の袖をクイクイと引っ張った。

「アレン、面倒なことに巻き込まれる前に、今日はもう帰ろ？」

「んー、それもそうだな」

その後、不審な集団に一言だけ断りを入れてから、リアと一緒に千刃学院の寮へ帰った。

とにもかくにも――こうして波乱に満ちた慶新会《けいしんかい》は、なんとか無事に終わりを迎えたのだった。

三：アレン細胞と政略結婚

一月二日。

波乱の慶新会《けいしんかい》を乗り切った俺は、穏やかで和やかな朝を迎える。

時計を見れば、時刻は朝の七時。

起きるにはちょうどいい時間だ。

「んー……っ」

ベッドから起き上がり、大きく体を伸ばしていると、

「――おはよ、アレン」

既に朝支度を済ませたリアが、台所からひょっこりと姿を現した。

白いエプロンに身を包んだ彼女は、いつ見ても本当に可愛《かわい》らしい。

「ふわぁ……。おはよう、リア」

「ふふっ、まだ眠たい？」

「あぁ、ちょっとだけな」

昨日はけっこうな量の闇を使った――つまり、多くの霊力を消費したため、まだ少し体が重い。

「どうする？　朝ごはん、遅らせようか？」

フライパンを握った彼女は、コテンと小首を傾《かし》げた。

「いや、いつもと同じ時間で大丈夫だよ。あまり生活リズムを崩したくないしな」

「そっか。それじゃ、もうちょっと待っててね」

「あぁ、ありがとう」

その後、顔を洗って歯を磨き、制服に着替えた。

千刃《せんじん》学院は現在冬季休暇期間中だから、わざわざこれを着る必要はないのだけれど……。五学院の生徒は、制服での外出が推奨されている。そして何より――この制服は激しい戦闘を想定して作られているため、伸縮性・防刃性・耐久性どれを取っても抜群。

近頃は物騒な世の中になっており、いつどこで戦闘に巻き込まれるかわからない。そういうわけで、特別な事情がない限り、基本毎日この制服を着るようにしているのだ。

（これでよしっと）

朝支度を全て済ませたところで、台所からリアの声が聞こえてきた。

「――アレン、ご飯できたよー！」

「あぁ、今行く」

■

食卓にはお味噌汁《みそしる》に焼き魚、野菜のおひたしに白ごはんと栄養バランスに優れた朝食が並んでいた。

「──おぉ、今日もまたおいしそうだな！」

「ふふっ、早く食べましょ？」

互いに向き合って椅子に座り、静かに両手を合わせる。

「「──いただきます」」

俺はまず、手元に置かれたお味噌汁へ手を伸ばした。

「あぁー……温まるなぁ」

健康に配慮した塩分控えめのダシ。さいの目切りにされたお豆腐。名脇役のワカメ。寒い冬の朝には、たまらない一杯だ。

いい具合に体を温めた後は、焼き魚に野菜のおひたしと、リアの手料理に舌鼓《したつづみ》を打つ。

「どう、おいしい？」

彼女はニコニコとこちらを見つめながら、そう問い掛けてきた。

「あぁ、とってもおいしいよ」

「ふふっ、よかった」

そうして俺たちは、いつも通りの幸せな朝食をいただいた。

「「──ごちそうさまでした」」

食後の挨拶をしてから、二人分の食器を洗い場へ運ぶ。

毎食後の皿洗いは、俺の仕事だ。

リアはいつも「それぐらい私がやるのに」と言うけれど……。

あんなにおいしいご飯を作ってくれているのだから、せめて後片付けぐらいは自分でやらなきゃ、罰が当たってしまう。

俺がゴシゴシと洗い物をしていると、食卓の椅子に座ったリアがちょっとした雑談を振ってきた。

「そう言えば……。昨日の事件、新聞に載っていたわよ」

「へぇ、どんな風に？」

「えーっと……『リーンガード宮殿を魔族が強襲！　現場の剣士が撃退し、天子様に怪我《けが》はなし！』って感じね」

「なんか、えらくざっくりした情報だな……」

「多分、政府の情報規制が入ったんでしょうね。ゼーレの名前や呪い、それからアレンのことも、まったく何も書かれていないわ」

彼女はそう言いながら、パラパラと新聞をめくった。

「情報規制、か……。難しいことはよくわからないけど、せっかくのお正月なんだし、そろそろまったりしたいなぁ……」

新年早々、慶新会からの魔族襲来。

これ以上は望めないほどの『波乱のスタートダッシュ』と言えるだろう。

(なんとなくの勘だけど、今年は去年よりも荒れた一年になりそうな気がするんだよな……)

俺が心の中でため息をこぼしていると、リアが新しい話を振ってくれた。

「あっそうだ、アレン。今年の初詣《はつもうで》、どこに行こっか?」

「うーん、そうだな……。リアはどこか行きたいところとかあるのか?」

「……!　えっとねえっとね!　私のおすすめなんだけど──」

彼女が嬉《うれ》しそうに話を始めたとき──コンコンコンと玄関の扉がノックされる。

「こんな朝早くに……誰だろう?」

「ローズか、クロードか……もしくはレイアかしら?」

ローズはとてつもなく朝に弱いから、その可能性はかなり低い。

クロードさんは……そもそも俺とリアの寮に近寄ろうとさえしない。

何やら変な気の遣われ方をしているようで、どうしたものかと少し困っている。

それからレイア先生は……あれ？

（そう言えばあの人、今どこにいるんだ？）

思い返してみれば、慶新会のときも見掛けなかった。

（あれほどの大騒ぎになっても、姿を見せないということは……）

もしかしたら仕事か何かで、オーレストの街を離れているのかもしれない。

「とにかく、出てみるぞ」

「うん。気を付けてね？」

「あぁ、わかっている」

念のため、腰に剣を差してから玄関へ向かう。

「――どちらさまでしょうか？」

ゆっくり扉を開けるとそこには――百人を超える聖騎士が跪《ひざまず》いていた。

「え、えーっと……？」

突然の事態に困惑していると、一人の聖騎士が口を開いた。

「――アレン様。どうか我々と共に、リーンガード宮殿へ来ていただけないでしょうか？

天子様がお待ちになっておられます」

残念ながら、今日もゆっくり過ごすことはできなさそうだ。

（天子様からの呼び出し、か……）

彼女には昨日襲われたばかりなので、あまり気乗りしない。

しかし、相手はリーンガード皇国《こうこく》の君主。

この国の民である以上、その招集を断ることは難しい。

（行くしかない、よなぁ……）

俺が小さくため息をついていると、

「アレン、大丈夫……？　って、何これ⁉」

玄関口からひょっこりと顔を覗《のぞ》かせたリアは、平伏《ひれふ》した百人以上の聖騎士を見て驚きの声をあげた。

「なんだかよくわからないけれど、天子様から呼び出しが掛かったらしい」

「そ、そうなんだ。ずいぶんと大所帯でのお迎えね……」

「あぁ、本当にな……」

たかが俺一人呼び出すために、聖騎士を百人も動員するのは人員の無駄遣いだ。

貧乏性の染《し》みついた俺からすれば、『もったいない感じ』がしてソワソワしてしまう。

（というかこの人たち、いつまでこの姿勢でいるつもりなんだ……？）

聖騎士たちは膝を突いたまま口をつぐみ、今も『無言の圧力』を放っている。

「えーっと……。みなさん、普通にしてもらえませんか？」

ここには千刃学院の寮が密集しており、初詣に出かける生徒や修業に赴く生徒たちが頻繁に行き来している。

つまり何が言いたいかというと――さっきから周囲の視線が、とてつもなく痛い。

千刃学院の生徒たちは、平伏した聖騎士と俺の顔を交互に見た後、何故《なぜ》か納得した表情で足早に去っていく。

これはおそらく、ほぼ間違いなく、またよからぬ誤解を招いているに違いない。

（俺の悪評は、もう行くところまで行ってしまったけれど……）

それでも小さいことからコツコツと、だ。

（目の前で芽吹《めぶ》きかけた誤解は、確実に摘み取る。その積み重ねこそが、悪い噂《うわさ》の根絶に繋《つな》がる……はずだ）

俺がそんなことを考えていると、先頭で膝を突く聖騎士が口を開いた。

「申し訳ございません。天子様より『国賓級の対応』をするよう命じられておりますので、どうかご容赦願います」

「なるほど……」

天子様にそう命令されたならば、今のように大袈裟《おおげさ》な対応にもなってしまうだろう。

「アレン様、我々と一緒にリーンガード宮殿へ来てください！　どうか何卒《なにとぞ》、お願いいたします……！」

「「お願いいたします、アレン様……！」」

野太い声の大合唱が、千刃学院に響き渡る。

同時に、いくつもの視線がこちらへ突き刺さった。

「やっぱアレンは半端《はんぱ》ねぇな。新年早々、上級聖騎士たちを締め上げてやがるぜ……っ」

「噂によれば、魔族ともグルらしいよ？　わざとリーンガード宮殿を襲わせて、天子様に取引を持ち掛けたとか……」

「マジかよ……。あの『血狐《ちぎつね》』とも繋がっているって聞くし、行くところまで行っちまってんな……ッ」

これまでの経験則から、すぐにわかった。

今この瞬間にも、新たな悪評が生まれていることが。

「わ、わかりました……！　一緒に天子様のところへ行きますから、とにかく顔を上げてください！」

「おぉ、一緒に来ていただけるのですね！　ありがとうございます！」

「「ありがとうございます……！」」

こうして天子様の呼び出しに応じることを決めた俺は、大急ぎで支度《したく》を整えるのだった。

■

十分後。

俺はリアと一緒に、リーンガード宮殿へ向かっていた。

ありがたいことに、彼女は「私も行く！」と言ってくれたのだ。

（正直、これは本当に助かる）

ヴェステリア王国の王女であるリアが傍《そば》に付いていてくれれば、天子様もそうそうおかしな真似《まね》はできない。

昨日のように襲われる危険性は、ググッと激減するというわけだ。

（でも、いったいなんの話があるんだ？）

こんな朝早くに、百人規模の聖騎士を送ってきたことから判断して……かなり差し迫った重大な案件についてだろう。

ぼんやりそんなことを考えながら、オーレストの街を右へ左へと進んでいくと――目的地へ到着。

そこにはなんと、既に一階と二階部分が復元されたリーンガード宮殿があった。

「こ、これは……!?」

「昨日まで廃墟《はいきょ》同然だったのに、もうほとんど元通りになってる……!?」

俺とリアが目を見開いて驚愕《きょうがく》していると、一人の聖騎士が説明をしてくれた。

「リーンガード皇国で、最も技術力の高い建設会社に依頼しました。全作業員が優秀な魂装使いであるため、恐ろしく短い工期と正確で頑丈な造りが売りとなっております。提出された工事予定表によれば、完成見込みは今日の十八時頃のようです」

「それは凄《すご》いですね」

ふと顔を上げれば、建物の三階部分に魂装を握り締めた屈強な大工たちがいた。

（……いい体つきだ）

発達した背筋・膨張した胸筋・引き絞られた大腿《だいたい》四頭筋――遠目からでも、鍛え抜かれた立派な筋肉がはっきりとわかる。

「ささっ、アレン様、リア様。どうぞ中へお入りください。天子様が首を長くして、お待ちになられております」

聖騎士の案内を受けて、俺とリアは二階の客室へ通された。

そこは、必要最低限の調度品が備えられた部屋。

『客室』というよりは、急ごしらえの『執務室』という印象を受けた。

「アレン様、リア様。ようこそいらっしゃいました」

天子様は手元の分厚い書類を引き出しに収納し、部屋の真ん中に置かれた四人掛けのテーブルセットへ移動する。

「立ち話もなんですから、どうぞこちらへお座りください」

彼女はそう言って、飾り気のない木製の椅子に腰掛けた。

その背後に付き従うは、屈強な二人の剣士。

(天子様の護衛なんだろうけど……)

どういうわけか、彼らはこちらに強い敵意を向けていた。

重心は爪先に置かれており、ともすれば斬り掛かってきそうな勢いを感じる。

この警戒ぶりは、さすがにちょっと異常だ。

(俺、何か失礼なことをしたかな……?)

そんなことを考えていると、

「――ガンソ、エヴァンズ。私がお招きした客人に対し、褒められた態度ではありませんね」

天子様は鋭い口調で、二人の護衛へ注意を飛ばした。

「も、申し訳ございません……っ」

「……失礼いたしました。つい気を張り過ぎてしまったようです」

護衛のガンソさんとエヴァンズさんは、謝罪を口にしたけれど……彼らは依然として、こちらを睨《にら》み付けたままだ。

「はぁ……。申し訳ございません、アレン様。どうやら二人とも、『例の一件』で少々過敏になっているようです」

「例の一件？　……あぁ、なるほど」

例の一件とはおそらく、天子様が俺を襲った昨日の事件のことだろう。

よくよく見れば、ガンソさんとエヴァンズさんは、暴走したアイツの闇に腹部を貫かれた二人だった。

（彼らからすれば、自分を刺した相手と主君が話をするというわけか……）

それはまぁ、気が気じゃないだろう。

この異常な警戒にも納得がいく。

「ねぇアレン、何かあったの……？」

例の一件を知らないリアは、不思議そうに小首を傾《かし》げた。

「あぁ、ちょっとな。そんなに大したことじゃないから、気にしないでくれ」

「そう？　アレンがそう言うのなら……」

異常な警戒についての話が一段落したところで、

「――失礼します」

俺とリアは目の前の椅子に腰を下ろし、話し合いの場についた。

「アレン様。突然のお呼び立てにもかかわらず、こうして宮殿まで足を運んでいただき、とても感謝しております。リア様もご同行いただき、ありがとうございます」

天子様は丁寧に謝意を告げ、ゆっくりと話を始める。

「本来ならばこのような小部屋ではなく、もっとちゃんとした場を設けたかったのですが……。昨日の今日ということもあり、宮殿の復旧工事がまだ完了していないのです。その点については、ご容赦いただければ幸いです」

「いえ、お気になさらないでください。俺はむしろ、こういう部屋の方が落ち着きますから」

「ふふっ、そう言っていただけると助かります」

簡単な挨拶を済ませ、場の空気が温まったところで、天子様がコホンと咳払《せきばら》いをした。

「本日アレン様をお呼びしたのは――魔族ゼーレ＝グラザリオの一件について、すぐにでもお話ししたいことがあったからです。早速ですが、まずは現在の国際情勢について、情報共有をさせていただければと思います」

天子様が指でコンコンと机を叩《たた》けば、ガンソさんとエヴァンズさんが、そこに世界地図を広げた。

「昨日あった皇帝バレル＝ローネリアのメッセージから、予想されているかもしれませんが……。五体の魔族は、五大国へ同時に放たれていたようです」

五大国とは――ここリーンガード皇国・リアのヴェステリア王国・ポリエスタ連邦・ロンゾ共和国・テレシア公国、五つの国の総称だ。

これらの国は互いに友好条約を結び、『悪の超大国』神聖ローネリア帝国を仮想敵としている。

今回の一件は、神聖ローネリア帝国が五大国へ弓を引いた――とてつもない大事件だ。

（下手をすれば、世界全土を巻き込んだ大戦争になりかねないぞ……）

そんな恐ろしい未来に気を重くしていると、天子様はとんでもないことを口にする。

「昨日の襲撃を受け――テレシア公国が落とされました」

「「なっ!?」」

五大国の一つが落とされた。

これは小国『晴れの国ダグリオ』が支配されたのとは、比較にならないほどの大事件だ。

「皇帝バレル＝ローネリアの狙いは、テレシア公国だったようです。あそこには魔族の他にも神託の十三騎士が三人、加えて影使いドドリエル＝バートンが送られていたとの報告が上がっております」

「神託の十三騎士が三人も……!?」

恐ろしい力を持つ魔族に加えて、国家戦力級の剣士が三人。

さらにそこへ、厄介な『影』の力を操るドドリエル。

五大国の中で最も戦力の乏しいとされるテレシア公国では、到底処理しきれないほどの大戦力だ。

「ドドリエルはその功をもって、神託の十三騎士へ昇格。ちょうど欠けていたレイン＝グラッドの後釜に収まったようです」

「そう、ですか……」

あまりに衝撃的な内容だったので、思わず言葉を失ってしまう。

「ヴェステリアは、どうなったんですか!?」

リアは顔を真っ青に染め、大慌てで確認を取った。

ヴェステリア王国には、彼女の父グリス＝ヴェステリアがいる。

幼少時に母を亡《な》くしたリアにとって、グリス陛下は唯一の肉親だ。

きっと不安で胸がいっぱいになっているのだろう。

「ご安心ください、リア様。ヴェステリア王国は、運よく事なきを得たようです」

「あぁ、よかった……。ですが、『運よく』とはどういう意味でしょうか？」

リアはホッと胸を撫《な》で下ろしつつ、運よくという表現に引っ掛かりを覚えた。

「ヴェステリア王国を襲撃した魔族は、あまり好戦的な者ではなかったようです。こちらに入ってきた情報によれば――『直接的な戦闘は一切なく、平和的な対話によって、既に問題は解決した』とのことでした」

魔族も一括《ひとくく》りにできるものではないらしい。

ゼーレのように人間を『劣等種族』と見下し、苛烈に攻撃を仕掛けてくる者もいれば――ヴェステリアを訪れた魔族のように理性的な者もいるようだ。

「そうですか」

リアはホッと安堵《あんど》の息をこぼす。

「よかったな、リア」

「うん。ありがとう、アレン」

ヴェステリアの状態を確認したところで、俺は他の国についても尋ねてみることにした。

「ところで天子様、他の五大国は――ポリエスタ連邦とロンゾ共和国は、どうなったんでしょうか？」

「そちらについても、ひとまずのところはご安心ください。両国とも大きな被害を受けたそうですが、現地に急行した『七聖剣《しちせいけん》』が、無事に魔族を討伐したそうです」

「なるほど、さすがですね」

七聖剣は、聖騎士が誇る『人類最強の七剣士』。

人間離れした身体能力・研ぎ澄まされた剣術・戦闘に特化した強力な魂装——その実力はまさに圧巻の一言であり、神聖ローネリア帝国に対抗し得る『人類の希望』と言われている。

「ここリーンガード皇国の被害は、アレン様のおかげでとても小さいものでした。しかし、ポリエスタ連邦・ロンゾ共和国は……壊滅的な状態です」

天子様は目を伏せながら、深刻な被害状況について語り始める。

「魔族は呪法《じゅほう》と呼ばれる恐ろしい力を使って、多くの人々に呪いを振りまきました。それにより、ポリエスタとロンゾの人たちは——いいえ、私たち人類はかつてない窮地に追いやられています」

彼女はそこで話を区切り、真っ直《ます》ぐ俺の目を見つめた。

「そこで——アレン様にお願いがあります」

「お願い、ですか……?」

「はい。あなたの呪いさえ寄せ付けない不思議な『闇』を——ぜひ、調べさせてほしいのです」

「『闇』を調べるって、この闇をですか……？」

俺は右の手のひらに闇を発生させ、単純な疑問を投げ掛けた。

「はい。アレン様の能力であるその闇を、でございます」

天子様は興味深そうにそれを見つめつつ、話を進めていく。

「これまで世界中の様々な機関が、呪いの研究を行ってきました。莫大《ばくだい》な予算と豊富な人材が投じられておりますが……現状、なんの成果も上がっていません。呪いの仕組みや解呪方法など、ほとんど何もわからないままなのです。しかしアレン様の闇は、そんな過去を嘲笑《あざわら》うかのように、一瞬で呪いを解いてしまわれました！　人類で初めて魔獣や魔族の呪いに打ち勝った――これは間違いなく、歴史的な快挙なのです！」

彼女は希望に満ちた表情で、熱く語った。

「さらに『闇の術者』であるあなたは、呪いに対して絶対的な『抵抗力』を持つ――ロディスから、そのような報告が上がっております」

「抵抗力、ですか」

そう言われてみれば……俺は呪いに対して、抵抗力のようなものを持っているのかもしれない。

実際、ゼーレの使用した呪法火虐《かぎゃく》・雷虐《らいぎゃく》・水虐《すいぎゃく》は、何故《なぜ》か俺にだけ効果を発揮しなかった。

「魔族の襲撃を受けた、ポリエスタ連邦とロンゾ共和国では、呪いが蔓延《まんえん》しております。連絡によれば、その患者数は軽く『十万人』を超えているとのことでした……」

「じゅ、十万人……!?」

「はい。医者の話では、もって数日とのことです……」

「そんな……っ」

あまりにも深刻な状況に、言葉が詰まってしまう。

「アレン様、どうかお願いします。呪いの治療法を発見するために、その闇を調べさせていただけないでしょうか?」

天子様はそう言って、真剣に頼み込んできた。

「事情はわかりました。そういうことでしたら、もちろん構いません。俺なんかでよければ、いくらでも協力させていただきます」

この闇で大勢の人たちを助けられるのならば、こんなに嬉《うれ》しいことはない。

隅から隅まで調べ尽くし、なんとしても呪いの治療法を見つけ出してほしい。

「ありがとうございます！　アレン様ならば、きっとそう言ってくださると思っておりました！」

彼女は目を輝かせながら、ギュッと俺の手を握った。

その瞬間――リアがとてつもなく嫌そうな表情を浮かべる。

「と、ところで天子様！　いったいどうやって、この闇を調べるんでしょうか⁉」

俺はすぐさま話を先へ進め、それと同時にさりげなく天子様の柔らかい手から脱出した。

「一応今のところは、呪いに苦しむ人たちを治療していただき、その様子を精密機器で解析する予定です。アレン様の闇が、呪いに対してどのような影響を与えているのか。まずは、そこから解明していくつもりです」

「なるほど」

「場所はリーンガード国立研究所。あそこには最新の精密機器が揃《そろ》っているので、何不自由なく研究に没頭できるでしょう。そして今回は『世界一の医学博士』へ、研究依頼を出しております」

「世界一の医学博士？」

「はい。若くして様々な難病の治療法を確立した、恐ろしく優秀な方です。しかも医学のみならず、科学・数学・兵学など様々な分野で顕著な実績を残しており、まさに『天才』という言葉がぴったりと当てはまる傑物《けつぶつ》でございます」

「そ、それは凄《すご》いですね」

今回の研究には、とんでもない天才が参加するようだ。

「人格的には少し……いえ、かなり問題のある方ですけれど……。とにかく能力だけは、折り紙つきなんです」

天子様はポリポリと頬を掻《か》き、なんとも言えない苦笑いを浮かべた。

「機嫌を損ねないようにしないと、ですね……」

これは偏見かもしれないけれど、『天才』と呼ばれる人種は、どこか捻《ひね》くれた人が多いイメージがある。

（変なことを言って、ヘソを曲げられたら大変だ）

言葉遣いや態度には、細心の注意を払うとしよう。

「予定通りなら、そろそろ到着するはずなんですけれど……」

天子様が時計へ視線を移したそのとき、コンコンコンと扉がノックされた。

「噂《うわさ》をすれば、ちょうどいらしたみたいですね。――どうぞ、お入りください」

「し、失礼します……！」

扉がゆっくりと開き――小さな女の子が、神妙な面持ちで入室してきた。

身長はおおよそ百四十センチあるかないか。絶対にお酒は買えないような童顔と子どものように瑞々《みずみず》しい肌。背まで伸びるパサついた黒い髪。サイズの合っていない白衣を着て、腰には脇差のような小さな剣を差している。

（あ、あれは……⁉）

間違いない。

白百合《しらゆり》女学院の理事長ケミー＝ファスタだ。

「世界一の医学博士って、ケミーさんのことだったんですか⁉」

「はい。白百合女学院の理事長も兼任されている、とても優秀な御方です」

「は、はぁ……」

そう言えば……能力測定のとき、イドラがケミーさんのことを『天才科学者』と言っていたっけか……。

「て、天子様！　あのお話は本当なんですよね⁉　嘘《うそ》じゃないんですよね……⁉」

緊迫した表情のケミーさんは、天子様に詰め寄った。

「ええ、もちろんです。呪いの治療方法を確立した暁には、成功報酬として『一億ゴルド』を即金でお渡しいたします」

……どうやらケミーさんは、多額の成功報酬につられて飛んできたらしい。

なんというか、本当に相変わらずな人だ。

「ぐ、ぐふふふふ……っ。それだけのお金があれば、借金返済はおろか、当分はギャンブル三昧《ざんまい》の生活を送れる……！」

莫大な報酬に目の眩《くら》んだ彼女は、不気味な笑い声をあげる。

「――さぁアレンくん、『時は金なり』です！　早いところ、呪いの謎を解明しちゃいましょう！　具体的には、借金の返済期日である三日後までに……！」

ケミーさんは勢いよく部屋を飛び出し、階段を駆け降りていった。

「はぁ……。とりあえず、行こうか？」

「ええ、そうね……」

「アレン様、リア様、ケミー様。どうか何卒《なにとぞ》よろしくお願い致します」

こうして俺とリアは、天子様に見送られながら、リーンガード国立研究所へ向かうのだった。

■

宮殿から北東方向へ五分ほど歩けば、とても大きな白塗りの建物に到着した。

「――さぁ、着きましたよ。ここがリーンガード国立研究所です！」

ケミーさんはそう言いながら、門の前に設置された機械にカードキーらしきものを差し込んだ。

するとその直後、『ピピピッ』と機械音が鳴り、両開きの門がゆっくりと開く。

「めちゃくちゃ近代的だな……」

「秘密基地みたいで、ちょっとかっこいいかも！」

「ふふっ、当然です！　なんと言ってもここは、この国で一番の研究施設ですから！」

ケミーさんはどこか誇らしげな様子で、足早に巨大な立方体の白い建物に入っていった。

リーンガード国立研究所に足を踏み入れた俺たちは、彼女の案内を受けて二階へ向かう。

（す、凄いな……っ）

研究所の中には、白衣を着た大勢の人たちが忙しそうに右へ左へと行き来していた。

目の下に大きなクマを作った人・半分割れた眼鏡をかけた人・ぼさぼさの髪でブツブツと独り言を話す人。

（なんというか、『住む世界』が違うな……）

剣士には剣士の世界があるように、研究者には研究者の世界があるようだ。

普段とは違う異質な空間を進んでいくと、ケミーさんがとある部屋の前で足を止めた。

「今回はこの『第三研究室』で、呪いの研究を実施します」

彼女はそう言って、扉の真ん中に取り付けられた液晶パネルに番号を打ち込んだ。

すると、重々しい扉がひとりでに動き出し、部屋の明かりが自動で点灯した。

「さっ、入っちゃってください」

「はい」

「失礼します」

第三研究室は、ずいぶんと圧迫感のある部屋だった。

広さはだいたい千刃学院の教室ぐらいだろうか。部屋の真ん中には青いベッドのような診察台が置かれ、それを取り囲むようにして物々しい機械がいくつも並んでいる。

機械に詳しくない俺からすれば、かなり異様な空間のように感じた。

「それじゃ、準備の方をパパッと済ませちゃいますねー」

ケミーさんはサイズの合っていない白衣の袖を捲《まく》り上げ、目の前の機械を操作し始める。

「とりあえず、研究の流れを簡単に説明しておきましょうか」

彼女は慣れた手つきで機械をいじりながら、コホンと咳払《せきばら》いをした。

「これからこの部屋には、呪いに掛かった人たちがたくさん運び込まれてきます。アレンくんは、その人たちを片っ端から治療していってください。先生はその間、闇がどういったプロセスを経て呪いを解いているのか、そのあたりの諸々を分析していきます」

「はい、わかりました」

俺の仕事は単純明快、ただひたすら呪いを解き続ければいいだけらしい。

頭を使わない単純作業は、一番得意とするところだ。

「えーっと……。何か私に手伝えることはありますか……？」

手持ち無沙汰となったリアは、少し困った表情で小首を傾《かし》げる。

「リアさんは……そうですね。アレンくんの横について、彼を癒《いや》してあげてください」

「癒す？」

「はい。この研究はおそらく、長丁場になります。アレンくんにはその間、ほとんど休みなく闇の力を使ってもらうことになります。とてつもない量の霊力を消費した彼は、きっと凄《すさ》まじい疲労に見舞われることでしょう。だからリアさんは、彼の横について、その精神的なストレスを和らげてあげてほしいんです」

精神状態は、霊力に強い影響を与えるというのが定説だ。

心が弱っていたり、大きなストレスを抱えていたりすると、魂装《こんそう》はその影響をもろに受け、いつもの力を発揮できないと言われている。

「なるほど、わかりました！　アレン、しっかりと癒してあげるから安心してね？」

「あぁ、頼りにしているよ」

「……あれ？　でも『癒す』って、何をすればいいんだろ……？」

「あはは、どうすればいいんだろうな？」

リアが横にいてくれるだけで、俺の心は落ち着く。

何もしなくても、そこにいてくれるだけで十分だ。

「ところでケミーさん。『長丁場』って、だいたいどれぐらい掛かるんでしょうか？　天子様の話では、ポリエスタ連邦とロンゾ共和国の人たちは、もって数日とのことだったんですが……」

その二国で呪いを掛けられた人は、なんと十万を超えるらしい。

難しいかもしれないけど、数日内に治療法を発見して、なんとか助けたい。

「安心してください。長丁場と言っても三日以内には、『絶対』に終わらせます！　そうじゃないと、私の家が差し押さえられてしまいますから……」

ケミーさんはケミーさんで、かなりの崖っぷちに立たされているようだ。

「それよりも先生は、アレンくんの体が心配なんですよね……。霊力をひたすら消費し続けながら、数日にわたる持久戦――冗談を抜きにして、地獄のようにキツイですよ？」

「絶対に大丈夫とまでは言えませんが……。おそらく、問題ないと思います。持久戦には、ちょっと自信がありますから」

そう。十数億年もの間、ただずっと剣を振り続けられる程度には自信がある。

「ふふっ、頼もしいですね。さて……それでは時間もあまりないことですし、そろそろ始めちゃいましょうか！」

「「はい！」」

　こうして俺たちは、これまで誰にも発見できなかった『呪いの治療法』を見つけ出すため、研究を開始したのだった。

■

　機械の準備を終えたケミーさんは、手元のマイクに向けて声を発する。

「――これより『対呪《たいじゅ》治療研究』を開始します。それでは『一番』の方を連れて来てください」

　するとその直後、部屋の扉がゆっくりと開き、二人組の聖騎士が担架を運び入れた。

　彼らは診察台の上に患者の乗った担架を置き、すぐに説明を開始する。

「この方はグイン＝アルノルトさん、六十五歳。長い時間を掛けてゆっくりと四肢の自由を奪われていく『侵食の呪い』に蝕《むしば》まれた患者です。焼けるような痛みが全身を襲うため、毎日強力な鎮痛剤を服用しています。しかし、最近はその効果も薄く、今夜が峠だとのことです」

「発症したのは、三十五歳の夏頃。魔剣士の仕事中、魔獣に右腕を咬《か》まれたことが原因です。その後は、例の赤黒い紋様が右腕から全身へ広がっていき……三十年が経過した今、自力での歩行はおろか顔を上げることもできません」

グインさんの健康状態を説明した聖騎士は、懐《ふところ》から取り出した分厚い紙束をケミーさんに手渡した。

「より詳細な情報については、こちらの資料にまとめてあります。よろしければ、ご活用くださいませ」

「ありがとうございます」

彼女はそう言いながら、恐ろしい速さで資料に目を通していく。

「なるほどなるほど、いきなり『侵食の呪い』ですか。これはまた強烈かつ厄介なのが来ましたね……」

難しい表情を浮かべたケミーさんは、グインさんと資料を交互に見つめる。

彼に掛けられた呪いは、相当重いものらしい。

「さて、それではアレンくん。こちらの準備はもうばっちりなので、治療を始めてくださ い」

彼女はそう言って、巨大な顕微鏡のような機械を覗《のぞ》き込んだ。

「はい、わかりました。──グインさん、少し失礼しますね」

一言そう断りを入れてから、彼の服に手を掛けた。

呪いの掛かった場所には、赤黒い紋様が浮かび上がる。

理屈はよくわからないけど、とにかくそこへ闇を集めれば、呪いを解くことができるのだ。

グインさんの服をまくり上げた俺は――思わず言葉を失った。

「……っ」

そこには一面、赤黒い紋様が広がっていた。

魔獣に咬まれた右腕は完全に赤黒く染まり切っており、そこから最も離れた左足と左腕のみが、辛《かろ》うじて皮膚の色を残している。

（まさかここまで酷《ひど》いなんて……っ）

俺が思わず言葉を失っていると、

「な、なぁ、先生……。俺は……本当に助かるの、か……？」

グインさんは荒い呼吸を繰り返しながら、まだ呪いに侵され切っていない左手を必死にこちらへ伸ばした。

俺はそんな彼の手を――強く握り締めた。

「――安心してください。絶対に治してみせますから！」

この闇は、『魔族』の呪いすら寄せ付けなかった。

魔族の下位種族『魔獣』の呪いならば、たとえどれだけ重篤《じゅうとく》な症状であったとしても治せるはずだ。

「それでは、始めますね」

俺は意識を集中し、グインさんの全身へ闇を纏《まと》わり付かせていく。

薄く、柔らかく、悪いものを消し去るような感覚で。

すると——赤黒く変色した肌は、みるみるうちに元の美しい肌へ戻っていった。

「ほ、ほうほう……！」

機械を通してその様子を観察していたケミーさんは、何やら興奮した声をあげる。

それを横目に見ながら、グインさんへ声を掛けた。

「呪いは無事に解けました。お体の具合はどうでしょうか？」

「あ、あぁ……っ。動く、動くぞ……！」

彼は診察台に寝そべったまま、右腕をゆっくりと動かしてみせた。

（……やっぱり、まだ立つことはできないか）

長年寝たきりの状態にあったため、全身の筋肉が衰えてしまっているようだ。

こればかりは、リハビリをして筋肉を鍛えるしかない。

しかしそれでも、

「は、はは……っ。こりゃ凄《すげ》ぇや……！　俺の腕が、指が、足が……また動くようになったぞ……！」

グインさんがとてつもない喜びに包まれているのは、誰の目にも明らかだった。

「ふむふむ、なるほどなるほど……」

ケミーさんは顕微鏡のような機械から目を離し、じっくりと考え込み始めた。

「何かわかりましたか？」

「いえ、まだなんにもわかっていません。ただ、と、と、とても面白いものが見れました」

「面白いもの？」

「呪いが解ける瞬間――赤黒い紋様は、まるでアレンくんの闇を避けるようにして、自壊《じかい》した風に見えたんですよねぇ……。まぁとにかく、とても興味深い反応でした。次はちょっと別の機械を使って、皮膚の表面細胞にどういった反応が起こっているのか、もっと詳しく調べていこうと思います」

彼女は別の機械を操作しながら、二人組の聖騎士へ声を掛ける。

「すみません、次の方をお願いします」

「「はっ！」」

彼らはすぐに動き出し、担架に乗せられたグインさんを外へ運び出そうとした。

「──ちょ、ちょっと待ってくれ！」

「グインさん、どうかしましたか？　もしかして、まだどこか痛みますか？」

「いや、体はもう大丈夫だ。そうじゃなくて……先生、あんたの名前を教えてくれないか⁉」

彼は鬼気迫る勢いで、俺の名前を問うてきた。

「え、えーっと……。アレン＝ロードルです」

「アレン＝ロードルさんだな⁉　その名前、絶対に一生忘れねぇ！　ありがとう、あんた凄ぇ人だ……本当に、本当にありがとう……！」

長年呪いに苦しめられたグインさんは、心から感謝の言葉を述べる。

「元気になって、本当によかったです。リハビリ、頑張ってくださいね」

「あぁ！　このデカい恩は、いつか必ず返させてもらう。首を長くして、待っていてくれ！」

「はい、そのときを楽しみに待っていますね」

こうして無事に健康体となったグインさんは、部屋の外へ運び出されたのだった。

■

グインさんの治療を済ませた後、研究は一気に加速する。

次から次へと運び込まれる患者に対し、俺は闇で素早く治療を施していく。

ケミーさんはその間、様々な機械を使ってありとあらゆる切り口から、闇と呪いの分析を進めた。

結局この日、『一人一分』という超高速治療を実施し、千人以上の呪いを解いた。

かかった時間は十八時間――体力的にはまったく問題ないが、霊力的には少し消耗を感じる。

だけど、このぐらいなら、後一週間はもつだろう。

研究初日にわかったことは、大きく分けて二つ。

一つ、俺の闇は呪いにまったく触れていないということ。

一つ、呪いに侵された赤黒い皮膚は、闇との距離が三センチ以内になると自壊するということ。

「闇を構成する『なんらかの成分』が、呪いに対して絶対的な効果を発揮しているはず」

――これがケミーさんの立てた仮説だった。

迎えた二日目。

この日はポリエスタ連邦とロンゾ共和国から、大勢の患者が押し寄せた。

それというのも、天子様が「リーンガード皇国は独自の研究により、呪いの治療法を確立した」と世界へ発表したからだ。

俺は押し寄せる患者を必死に治療し続け、ケミーさんはその様子をつぶさに観察する。

しかし残念ながら、この日はまったく成果を挙げられなかった。

一日中ずっと闇の成分を分析した結果、何もわからなかったのだ。

どうやら現代の科学技術では、闇の秘密は解き明かせないらしく……呪いの研究は、暗《あん》礁《しょう》に乗り上げてしまった。

対呪治療研究、三日目。

この日は、ケミーさんの借金返済期日。二十四時零分零秒をコンマ一秒でも過ぎれば、彼女の家は差し押さえられてしまう。

（まぁそれは完全に自己責任なので、この際どうでもいいとして……）

そろそろ治療法を発見しないと、たくさんの人が死んでしまう。

俺は強烈な焦《あせ》りに心を焼かれながら、ただひたすら自分にできることを――目の前の呪いを解き続けた。

時計の針が二十時を指した頃、ケミーさんは頭をガリガリと掻《か》きむしりながら、悲鳴のような声を上げる。

「うぅー、違う違う違うんだってば……！　そうじゃない、そうじゃなくて……もうっ！

なんで見つからないのよぉ……っ」

昨日に引き続き、今日も成果はなさそうだ。

「アレン、大丈夫？　そろそろ休憩を挟まない？」

「ありがとう、リア。でも平気だ、俺はまだまだいけるよ」

数秒後――部屋の扉が開き、二人組の聖騎士が新たな患者を連れて来た。

「この方はオーロット＝ドラステンさん、七十一歳。体の一部が痺《しび》れて動かなくなる『麻《ま》痺《ひ》の呪い』に蝕《むしば》まれた患者です」

「発症したのは七十歳の秋ごろ。オーレストからドレスティアへ移動中、魔獣に右の掌《てのひら》を咬《か》まれたことが原因です。現在は右腕が指一本として、動かせない状態となっております」

オーロットさんの状態について報告を受けた俺は、すぐに治療を開始した。

「咬まれた箇所は、右の掌ですね。ちょっと失礼します」

俺はそう断りを入れてから、ダラリと垂れ下がった彼の右手を取る。

するとその瞬間、

「お、おぉ!?　これは凄い！　右腕が動くぞ！」

「え……？」

オーロットさんは、さっきまでピクリとも動かなかった右腕を軽快に回して見せた。

「いやぁ、あんた本当に凄い先生だな！　こんな一瞬で呪いを解いちまうなんて、まさに人類の希望だよ！」

「あ、いや、その……」

俺はまだ何もしていない。

治療のための闇すら出していない。

それなのに、呪いは勝手に解けた。

「……アレンくん。あなた今、何をしたんですか……？」

今の様子を観察していたケミーさんは、驚愕《きょうがく》に目を見開く。

「何もしていません。本当にただ、彼の手を触っただけです」

俺が小声でそう告げると同時、彼女はブツブツと独り言を口にし始めた。

「……そうか、ずっと『勘違い』していたんだ。アレンくんの闇が呪いを治療する――その先入観が邪魔をしていた、アプローチが違ったんだ……っ。分析対象は呪いでも闇でもなく、アレンくん本体だ……！」

ケミーさんは目を輝かせ、勢いよく顔を上げる。

「アレンくん！　次の治療には闇を使わず、赤黒い紋様に触れてみてください！　もしかしたら、突破口が見えたかもしれません！」

「はい！」

　それからすぐに次の患者が運び込まれた。

　今回は闇を使用せず、赤黒い紋様へ右手を伸ばす。

　すると次の瞬間、

「き、消えた……⁉」

　呪いの象徴である赤黒い紋様は、あっという間に消滅した。

「ケミーさん……これは⁉」

「はい、もう間違いありません！　呪いは『闇』を嫌がっていたんじゃない。アレンくんと繋がっている闇を――もっと正確に言うならば、アレンくんという存在を嫌がっていたんです……！」

　彼女は興奮気味に語り、バッと立ち上がった。

「そうと決まれば、話は早い！　ちょっと待っててくださいね……！」

　ケミーさんは慌てて部屋から飛び出し――試験管にビーカー、それからたくさんの薬物を抱えて戻ってきた。

「さぁ、アレンくん！　その不思議な体、がっつりと調べさせてもらいますよ！」

「はい、もちろんです！」

その後、ケミーさんは俺の細胞を採取し、一人黙々と研究を続けた。

偶然にも、呪いを解く糸口が発見できたようだ。

■

ケミーさんが研究を開始してから一時間後、

「ふ、ふふ……。ふふふふ……っ。見つけた見つけた……ついに見つけましたよ！」

彼女は一本の試験管を高く掲げながら、勝ち誇ったように叫ぶ。

「見つけたって、もしかして……!?」

「呪いの治療法ですか……!?」

俺とリアの問い掛けに対し、ケミーさんは力強く頷《うなず》いた。

「はい！　アレンくんの細胞を様々な試薬《しやく》を使って調べたところ、普通の人間には存在しない『特殊な細胞』が見つかりました！　そうですね……便宜上《べんぎじょう》『アレン細胞』と呼びましょうか」

彼女は小躍《こおど》りしそうなほど上機嫌に、自分の大発見を語り始める。

「『これだ！』と確信した私は、すぐに検証を始めました。患者から提供を受けた赤黒い──呪いに侵された皮膚組織へ、アレン細胞を塗布《とふ》したんです。その結果は、当たりも当たりの大当たり！　呪いはたちまちのうちに解けました！」

ケミーさんは鼻息を荒くして語り、

「そしてこのアレン細胞を元にして作った新薬が——こちらです！」

机の上に置かれた軟膏《なんこう》を指差した。

「これは抗炎症成分にアレン細胞を配合した試作品第一号！　次の患者には、早速これを使ってみましょう！」

「い、いきなり人間の体で試すんですか⁉」

「あはは、大丈夫ですよ。アレン細胞が皮膚組織に対して無害なことは、もう確認済みですから、万に一つも人体に悪影響はありません！」

彼女はそう言って、机の上に置かれたおびただしい数のプレパラートに目を向けた。

安全テストは、既に実施されているようだ。

「そうですか、わかりました」

『世界一の医学博士』がここまで言い切るんだ、きっと大丈夫だろう。

「ふふっ、世紀の瞬間はもうすぐそこですよ！　——次の方、お願いします！」

それからすぐ、次の患者が運び込まれた。

ハロルド＝ラーセン、八十五歳。

昼夜を問わず、強烈な倦怠感《けんたい》が全身を襲うという『消力《しょうりょく》の呪い』に掛かった男性だ。

二年ほど前、魔獣に左足を咬まれたことが原因らしい。

「それでは、失礼しますね」

俺は試作品第一号を長い綿棒ですくい、赤黒く変色した彼の左足へ塗布する。

すると――赤黒い紋様はみるみるうちに消えていき、あっという間に元の綺麗《きれい》な皮膚となった。

(よし、いい感じだ!)

見た目の上では、完全に呪いは解けている。

後はハロルドさんの体から、倦怠感が抜けているかどうかだ。

「どう、でしょうか?」

俺が恐る恐る問い掛けると、

「おぉ、こいつは凄《すご》いな! 体のだるい感じが、一気に吹き飛んだよ!」

彼はそう言って、活力に漲《みなぎ》った笑みを浮かべた。

「そうですか、それはよかったです!」

研究は大成功――アレン細胞を配合した試作品第一号は、呪いに対して有効だったようだ。

ハロルドさんが部屋を退出した後、

「ぃやったー！　ついに……ついに呪いの治療法を発見しました！　これは人類史に残る超大発見ですよ！」

ケミーさんは両手をあげて、小さな子どものようにはしゃぎ回る。

「やりましたね、ケミーさん！」

「おめでとうございます、ケミーさん！」

「ありがとうございます！　アレンくんとリアさんが協力してくれたおかげで、医学は今日とても大きな一歩を踏み出すことができました！」

みんなでハイタッチを交わし、喜びを分かち合う。

「さぁ、急いで天子様へ報告しましょう！　これがあれば、多くの命が救われます！」

俺が勢いよく立ち上がり、第三研究室を飛び出そうとしたそのとき、

「ちょ、ちょっと待ったぁ！」

ケミーさんは突然、大きな声を張り上げた。

「ど、どうかしましたか？」

「……アレンくん、とても大事なお話があります」

これほど真剣な顔をしたケミーさんは、今まで一度として見たことがない。

(いったいなんの話があるんだ……っ)

俺がゴクリと唾を呑《の》み込んだ数秒後、彼女はとんでもないことを口にした。

「この研究、失敗したことにしませんか？」

「……えっ……？」

一瞬、何を言っているのかわからなかった。

研究は成功した。人類は呪いに打ち勝った。

それを失敗したことにするとは、いったいどういう意味だろうか？

「製薬市場というのは……ぶっちゃけ儲《もう》かります。呪いに対して絶対的な効果を発揮する『アレン細胞』、それを応用した新薬の特許――これはもう『一億ゴルド』なんて目じゃないほどの大金を生むんです！」

ケミーさんは暗い笑みをたたえながら、ねっとりと話を続ける。

「この『対呪治療研究』は、リーンガード皇国の国策として行われています。もしここでアレン細胞と新薬を発見してしまえば、その権利は全て天子様のものになる。そういう契約になっているんです」

彼女はそう言って、懐《ふところ》から『対呪治療研究に関する誓約書』を取り出した。

「このままでは『世紀の大発見』をしたにもかかわらず、たかだか一億ゴルドという『はした金』を手にして終わってしまう……。それならばいっそ、この研究を失敗したことにしませんか？　そして後日、私とアレンくんで別のプロジェクトを立ち上げ、そこで偶然『アレン細胞』を発見したということにするんです。そうすれば新薬の権利は、全て私のも——し、失礼！　私とアレンくんのものになって、莫大《ばくだい》なお金が転がり込んできます！　配分割合は……そうですね。私が『七』、アレンくんが『三』ぐらいでどうでしょう？」

（こ、こいつ……っ）

吐き気を催す邪悪。

自らの利益のためだけ、周囲の命をまるで顧みない、どこまでも腐り切った性根。

彼女は『一億ゴルド』という多額の報酬では飽き足らず、さらなるお金をせしめようとしているのだ。

まさに欲望の塊。

イドラたち白百合女学院の生徒が、ほとほと愛想《あいそ》を尽かしたのも頷ける。

「……ケミーさん」

「アレンくん……！」

「ふざけたこと言ってないで、さっさと天子様に報告しますよ」

これまで呪いに苦しめられてきた人たちにとって、この新薬は希望なんだ。

（もしもケミーさんなんかが、アレン細胞の特許を持ってしまったら……）

新薬の値段を意のままに吊《つ》り上げ、自分の利益のために好き放題することだろう。

それだけは、絶対に阻止しなければならない。

「ぐ……わ、わかりました……っ。今回の研究はアレンくんの寄与《きよ》するところが、とても大きい……。さすがに私の取り分が七割というのは、ちょっと欲をかいてしまいましたね。では——私とアレンくんで六対四というのは、いかがでしょうか⁉」

どうやらこの人は、まったく何もわかっていないらしい。

「よし。天子様のところへ行こうか、リア」

「ええ、そうね！」

「ちょ、ちょっと待ってくださいよ⁉　……わかりました！　半分！　分け前は、きっちり半分ずつにしますから！」

その後、あの手この手で俺を丸め込もうとするケミーさんを引きずり、天子様のもとへ連れていった。

■

リーンガード宮殿へ到着した俺・リア・ケミーさんは、アレン細胞と新薬について天子様へ報告する。

彼女はすぐに新薬の大量生産を命じ、それらをポリエスタ連邦とロンゾ共和国へ安価で輸出することを約束してくれた。

ケミーさんは渋々『一億ゴルド』を受け取って借金取りのもとへ向かい、俺たちは久しぶりに千刃学院の寮へ戻る。

その後——残り二日となった冬休みは、リアと一緒に初詣へ行ったり、初売りの食材を買い込んだりして穏やかに過ごした。

(本当は母さんやポーラさんのところに顔を出したかったけど……)

呪いの治療法を発見するために二日ほど徹夜したせいか、リアの体調が万全じゃなかったのだ。

(ゴザ村までは、それなりに距離があるからな……)

体調の優れない彼女を連れて行くわけにはいかないし、かと言って置いていくわけにもいかない。

ちょっと残念だけど、母さんたちに会いに行くのは、春休み以降に延期することにした。

そうして迎えた一月七日。

二週間の冬休みが終わり、今日からまた千刃学院での日々が始まる。

「んー……いい天気だな」

カーテンの隙間から差し込む暖かな日差しで、ゆっくりと目を覚ます。

時刻は早朝の七時、起きるにはちょうどいい時間だ。

（リアは……っと、あっちか……）

台所からいいにおいが漂ってくる。朝ごはんを作ってくれているみたいだ。

「──おはよう、リア。体調はどうだ？」

「あっ、おはようアレン。おかげさまでもうばっちり、心配してくれてありがとね」

「そうか、それならよかった」

その後、おいしい朝食をいただき、手早く朝支度を済ませた俺は、リアと一緒に千刃学院へ向かう。

一年Ａ組の扉を開けるとそこには──テッサをはじめとした大勢のクラスメイトがいた。

「おはよう、みんな」

二週間ぶりに顔を合わせたクラスのみんなへ軽く挨拶をすると、

「──おぉ、やっときたか！」

「新聞に載ってたぜ、アレン！　なんでもまた凄《すげ》ぇ活躍だったんだってな！」

「ねぇアレンくん、『魔族』ってそんなに強かったの？　宮殿の聖騎士たちはみんな、為《な》す術《すべ》もなくやられちゃったって話だけど……」

「つーかよ、『アレン細胞』ってなんなんだ？　『呪いに対する特効薬』って、天子様から発表があったんだけど……これもお前が関係しているのか？」

大量の質問が、矢継ぎ早に繰り出された。

政府の情報規制は一月三日をもって解除されており、みんなはもう魔族襲来の件について知っているのだ。

「え、えーっと……っ」

その質問に一つ一つ答えていると──キーンコーンカーンコーンと朝のホームルームを告げるチャイムが鳴った。

それと同時に教室の扉が勢いよく開かれ、レイア先生が入ってくる。

「おはよう諸君！　早速、朝のホームルームを始めるぞ！」

彼女はいつもと変わらず、元気潑溂《はつらつ》とした様子で『連絡事項』を伝達した。

なんでもクロードさんは、一度ヴェステリア王国に帰ったそうだ。

リア専属の親衛隊隊長として、とても大事な会議に参加する必要があるらしい。

「さて、連絡事項はだいたいこんなところだな。それでは一限の授業へ……と行きたいところだが、その前にちょっとした話がある」

先生はそう言うと、俺の方へ視線を向けた。

「アレン、天子様が君のことをえらく褒めていたぞ？　魔族ゼーレ＝グラザリオの撃退に、大きく貢献したそうじゃないか！」

「え、えーっと……っ」

急に話を振られた俺は、返事に困ってしまった。

「リーンガード宮殿が強襲されるという前代未聞《ぜんだいみもん》の緊急事態――私も援護に向かいたかったのだが……。ちょうどその頃、千刃学院の教師は全員『桜の国チェリン』へ慰安旅行に行っていてな。どうにもこうにも身動きが取れなかったんだ……すまん」

「いえ、気にしないでください。あんなこと誰にも予想できませんから」

あれは本当に歴史的な大事件だった。

天子様の御所《ごしょ》が奇襲を受けるなんて、リーンガード皇国の長い歴史を見ても、きっと今回が初めてのことだろう。

そんな異常事態に備えろというのは、あまりにも無茶な話だ。

当然ながら先生にだって休暇は必要だし、年末年始の休みを利用して慰安旅行へ行くのもなんらおかしくない。

「そう言ってもらえると、少し気が楽になるよ。しかし、本当によくやってくれたな。千刃学院の理事長として、とても鼻が高いぞ！」

彼女はそう言って、俺の肩をポンと叩《たた》いた。

「さて、私からの話はこれで終わりだ。一限と二限は魂装の授業、これは新年一発目の大事な授業――気合を入れていくぞ！」

「「「はいっ！」」」

■

魂装場へ移動した俺たちは、精神を集中させて霊核との対話を始める。

今や霊晶剣《れいしょうけん》を持つ生徒は、一人としていない。

霊晶剣の補助がなくとも、自らの力で魂の世界へ入ることができるのだ。

（よし、そろそろやるか）

瞼《まぶた》を落とし、意識を内へ内へ魂の奥底へと沈めていく。

そうしてゆっくり目を開けるとそこには――一面荒涼《こうりょう》とした世界が広がっていた。

枯れた木・枯れた土・枯れた空気。どこまでも水気なく、どこまでも味気ない世界が、地平線の果てまで広がっている。

目の前にそびえ立つ巨大な岩石を見上げるとそこには――凶悪な面構《つらがま》えのアイツが座っていた。

「よっ。こうして直接会うのは、なんか久しぶりだな」

た。

「……クソガキか。性懲《しょうこ》りもなく、またぶっ殺されに来たみてぇだな」

こちらの姿を確認した奴は、ゆっくりと立ち上がり、おどろおどろしい黒剣を生み出した。

背筋の凍るような凄《すさ》まじい殺気が、空間を呑《の》み込んでいく。

やる気満々のようだが、それはちょっと困る。

「待て待て、今日は『そういうの』で来たんじゃない。ちょっと話がしたいんだ！」

「……話だぁ？」

「あぁ。そんな毎回毎回、顔を合わせるたびに戦わなくたっていいだろ？」

こちらに戦意がないことを伝えると、奴はあからさまに大きな舌打ちをして、巨大な岩にどっかりと座り込んだ。

「……ちっ。つまらねぇ話だったら、すぐにぶっ殺すからな」

意外にも、話し合いに応じてくれるらしい。

「それじゃ早速、一つ確認しておきたいんだけど……。お前の名前は『ゼオン』でいいんだよな？」

「当たり前だ。霊核の名を呼び、力を借り受ける――それが魂装ってもんだろうが」

ゼオンは短くそう言って、ギロリとこちらを睨《にら》み付けた。

（や、やっぱり『仲良くお話』ってわけにはいかないな……っ）

これ以上機嫌を損ねないうちに、早いところ聞きたいことを聞いてしまおう。

「なぁゼオン。あの魔族――ゼーレ＝グラザリオが言っていたことなんだけど、『ロードル家の闇』ってどういう意味だ？　これはお前の闇じゃないのか……？」

「……てめぇのそれは、正真正銘の俺の闇だ」

少し間があってから、奥歯に物が挟まったような煮え切らない返答があった。

（これは……何か隠しているな……）

ゼオンらしくない、歯切れの悪い回答。

どうやらこいつは、あまり嘘《うそ》が上手じゃないらしい。

（ただまぁ、ここで深く追及したとして、正直に話すとは思えないな……）

この闇には、何か秘密がある。

それも、あのゼオンが隠したがるほどの秘密が。

この情報を手に入れただけでも、かなり大きな収穫だろう。

（こいつは信じられないほど短気だから、あまり一つの質問を深追いせず、テンポよく次へ行った方がよさそうだ……）

そう判断した俺は、すぐに別の問いを投げる。

「どうしてゼーレはお前のことを知っていたんだ？　もしかして、知り合いだったのか？」

「さぁな。あんな糞弱《くそよえ》ぇ魔族のことなんざ、いちいち覚えてらんねぇよ」

今度は即座に返事があった。

オープンにしていい情報と伏せておかなければならない情報、その線引きがしっかりと為されているようだ。

「なるほどな……」

なんにせよ、ゼーレのことは本当に何も知らないらしい。

（つまり、向こうから一方的に知られているというわけか……。もしかしてゼオンは、魔族の間じゃ有名な霊核なのか？）

俺がそんなことを考えていると、

「おぃ、てめぇにも一個聞きてぇことがある」

珍しいことに向こうから話を振ってきた。

「あ、あぁ、なんでも聞いてくれ」

予想外の展開に驚きつつ、質問を促す。

「なぁ、クソガキ……。てめぇはいったい、いつまでそんな『ぬるま湯』につかってるつもりだ……？」

「ぬるま湯？」

ゼオンの言わんとしていることが、よくわからなかった。

「せっかく必死こいて、俺の力を『ほんの少しだけ』奪ったってのによぉ……。それすらまともに使おうとしねぇってのは、どういう了見だ……あぁ？」

「いや、ちゃんとお前の闇と黒剣は使っているぞ？」

「はぁ……。てめぇは馬鹿か？　そのなよっちい目を見開いて、ちゃんと『力の本質』を見極めやがれ。てめぇには成長してもらわねぇと、こっちもいろいろと困んだから……よぉ！」

「っ⁉」

ゼオンが雄叫《おたけ》びを上げると同時、俺は反射的にバックステップを踏んだ。

次の瞬間、目と鼻の先を黒い斬撃が走る。

（危、な……ッ⁉）

後コンマ一秒でも反応が遅ければ、そのままお陀仏《だぶつ》だった。

「くだらねぇ話は、ここで終わりだ。さっさと剣を抜かねぇと……一瞬で終わるぞ？」

ゼオンの右手には、いつの間にか黒剣が握られている。

有無を言わさず、殺《や》るつもりらしい。

「くそ、結局こうなるのかよ……っ」

俺はすぐさま何もない空間へ手を伸ばし、

「滅ぼせ――〈暴食の覇鬼《ゼオン》〉ッ！」

奴と全く同じ漆黒の剣をしっかりと掴《つか》む。

「ふぅー……行くぞ？」

「さっさと来ぉい。すっぱりとぶち殺してやらぁ！」

こうして俺とゼオンは、久しぶりに真剣勝負《ころしあい》を始めるのだった。

■

俺が正眼《せいがん》の構えを取る一方、ゼオンはいつも通り気だるげに剣をぶら下げる。

（一見すれば、隙だらけだが）

ゼオンの反応速度は、まさに化物。

下手に飛び込めば、一呼吸のうちに斬り捨てられてしまう。

ここはやっぱり、いつものやり方で距離を詰めるか。

「一の太刀《たち》――飛影《ひえい》ッ！」

素早く三度剣を振るい、漆黒の斬撃を三発連続で放つ。

奴に対して、様子見の一撃は全く意味を為《な》さない。

一手一手、今の自分に撃てる最高の斬撃を撃ち——それでようやく、一太刀浴びせられるか否《いな》かというところだ。

三つの飛影は乾燥した大地を引き裂きながら、ゼオン目掛けて一直線に進む。

俺はそのうちの一つに身を隠し、正確な位置を摑ませないようにしつつ距離を詰めていく。

「はっ、またいつもの目くらましか？　芸のねぇ奴だ……なぁ！」

ゼオンは嘲笑を浮かべながら、三発の飛影を左手一本でまとめて捻じ伏せる。

（もはや気持ちいいぐらいの馬鹿力だな）

目くらましの飛影が消滅し、互いの視線が交錯する。

「八の太刀——八咫烏《やたがらす》ッ！」

八つの黒い斬撃が、凄まじい勢いで牙を剝《む》く。

そのうちの二発は、あえて地面を斬り上げるようにして放った。

その結果——乾燥した砂が舞い上がり、ゼオンの視界を曇らせる。

「こざかしい……！」

奴は右目を細めながら横薙《な》ぎの一閃《いっせん》を振るい、八咫烏と砂を同時に斬り捨てた。

（よし、ここだ！）

右目を細めたことで、ゼオンの右側面に死角が生まれた。

俺はそこへ体を滑り込ませ、最高最速の一撃を放つ。

「七の太刀――瞬閃《しゅんせん》ッ！」

音を置き去りにした神速の居合斬りは、ゼオンの右肩を斬り裂いた。

（よし、手ごたえあ――）

「――軽《かり》ぃぞ？」

奴は微塵《みじん》も怯《ひる》むことなく、即反撃を繰り出してくる。

（マジ、かよ……ッ）

咄嗟《とっさ》にサイドステップを踏み、紙一重の回避に成功する。

「はっ。目潰しったぁ、凡人らしく泥臭ぇ剣《くせ》を振るうじゃねぇか」

ゼオンは右肩へ闇を集中させ、あっという間に傷を治した。

「俺の剣は『我流』だからな。泥臭さが売りなんだよ」

型や形式に囚《とら》われない自由な剣。

これは数少ない、我流の強みだろう。

「まぁ、型にハマったつまんねぇ剣よりは幾分かマシだが……。その程度の剣術じゃ、圧倒的な力の差は埋められねぇぜぇ？」

奴が首をゴキッと鳴らした次の瞬間、その体から十本の闇の触手が立ち昇る。

（これは……闇の影《ダーク・シャドウ》!?）

俺はそれに対抗して、すぐさま闇の影を――十本の闇を展開した。

「くく、同じ『十本の闇』だが……。さぁて、結果はどうなるだろう――なぁ!?」

その後、俺は闇の影と黒剣を駆使して、死ぬ気でゼオンに食らいついた。

技術の粋を尽くし、死力を振り絞り、僅かな勝ち筋を懸命に追い求めた結果――無残にも敗れてしまった。

「はぁはぁ……ッ」

叩《たた》き折られた黒剣を握り締めた俺は、仰向けになって倒れながら、必死に酸素を取り込もうとする。

（くそ……っ。悔しいけど、やっぱりこいつはめちゃくちゃ強い……ッ）

ゼオンの闇は、剣のように鋭く・水のように柔らかく・鋼のように硬い。

しかも、それだけじゃない。

『闇の形態変化』とでも言えばいいのだろうか。

ゴムのような弾性を持つ闇・溶けた飴《あめ》のような粘性を持つ闇・太陽のような灼熱《しゃくねつ》の闇

――まさに『変幻自在』。

単純な『出力』が遠く及ばないことはわかっていたけれど、『闇の練度』にここまでの差があるとは思わなかった。

「はぁ……弱ぇなぁ。あまりに弱過ぎて、涙が出そうになるぜ……。もちっとどうにかなんねぇのか……あぁ？」

圧倒的勝利を収めたゼオンは、余裕の笑みを浮かべて、そんな言葉を吐き捨てる。

（心の底からむかつく奴だけど、『勉強』にはなるんだよな……）

ゼオンは今回、『闇の形態変化』を披露した。

正直これは、とても便利な技だ。

こいつの真似《まね》をするのはちょっと癪《しゃく》だけど……また後でこっそり練習しておこう。

一戦また一戦と交えるたび、少しずつ強くなっていく、化物《ゼオン》との距離が縮まっていく

――そんな成長の実感。

それがたまらなく心地よかった。

（あぁ、そろそろ……意識を保つのも限界、だな……っ）

薄れゆく意識の中、最後の力を振り絞って指を『三本』立てる。

「あぁ？　そりゃ、なんの真似だ？」

「『三回』、だ……。今回は初めて『三回』も斬ったぞ……！」

「はっ、薄皮をちろっと斬ったぐれぇで何を偉そうに言ってやがる」

「これまでは、『一回』が限界だったから、な……。どう、だ……少しは強くなった、だろ？」

「そうだなぁ、小せぇ羽虫ぐらいにゃ成れたんじゃねぇか？」

「ふっ、なんだそれ……。まぁ見ていろよ……。そのうち絶対に追い抜かして、やるから、な……っ」

　何事も小さいことからコツコツと。

　毎日ちょっとずつ強くなっていけば、いつかはきっとこの化物に追いつけるはずだ。

「ふん、その無駄な努力に敬意を表して、ちょっとした『ヒント』をくれてやるよ。――この闇は俺のであって、俺のじゃねぇ」

「どういう意――」

「――さぁな、その足りねぇ頭でよぉく考えろ！」

　その直後、黒剣が振り下ろされ、視界は真っ白に染まった。

　そうして俺の意識は、現実世界へ引き戻されたのだった。

■

一限二限と魂装の授業を終えた後、リアとローズと一緒に生徒会室へ向かう。

目的はもちろん、今年度第一回目の定例会議こと『お昼ごはんの会』に出席することだ。

「会長たちに会うのは、なんだか久しぶりだな」

「うん、ちょっと楽しみ」

「ふふっ、そうだな」

三人でそんな話をしながら少し歩き、生徒会室へ到着。

目の前の扉をコンコンコンとノックすると、

「──あ、アレンくんか⁉」

リリム先輩が泡を吹いて飛び出してきた。

「は、はい。そんなに慌てて、どうかしたんですか……？」

「大変なんだ！　とにかく大変なんだよぉ⁉」

彼女は俺の両肩をがっしりと掴み、激しく前後に揺する。

何があったのか知らないけれど、明らかに尋常の様子じゃない。

「お、落ち着いてください……っ。とにかく、一度中に入りましょう」

このままリリム先輩に流されていたら、話が先に進まない。

俺は会話の主導権を握りつつ、生徒会室に入る。

部屋の中には、見るからに意気消沈したティリス先輩がソファに座っていた。

(あの落ち込みよう、どうやら本当に大変なことが起きているようだな……)

その後、リリム先輩をソファに座らせてから、先ほどの話を再開させる。

「それで、いったい何があったんですか？」

「シィが、千刃学院を辞めたんだ……！」

「……は？」

一瞬、リリム先輩が何を言っているのか理解できなかった。

「う、嘘《うそ》でしょ……!?」

「いったいどういうことなんだ!?」

リアとローズも動揺を隠せない様子だ。

「朝のホームルームで、私たちの担任がはっきりと言ったんだ……。『シィ＝アークストリアは、本日付で千刃学院を辞めた』って……っ」

リリム先輩は今にも泣き出しそうな顔で、ポツリポツリと言葉を紡《つむ》ぐ。

「会長が学院を辞めるなんて……何かの間違いじゃないんですか？」

俺がそう問い掛けると、彼女は静かに首を横へ振った。

「……シィの部屋も完全にもぬけの殻だった。退寮手続きももう済んでるって……」

「そん、な……」

　重苦しい空気が生徒会室を圧迫する。

（最後に会長を見たのはそう——慶新会《けいしんかい》のときだ）

　あのときは至って普通、いつも通りの彼女だった。

（そうなると一月一日から一月七日、この一週間の間に『ナニカ』があったんだ……）

　会長が千刃学院を辞めなければならないほどの、とんでもないナニカが。

「とりあえず、詳しい話を聞きに行きましょう」

「聞くって……誰に？」

「もちろん、レイア先生にですよ」

　千刃学院が理事長レイア＝ラスノート。

　本学院を取り仕切る彼女が、まさか何も知らないということはないだろう。

「さぁ、行きましょう」

　そうして俺は、リア・ローズ・リリム先輩・ティリス先輩と一緒に理事長室へ向かうのだった。

■

　理事長室の前に着いた俺が、黒い扉を素早く三度ノックすると、

「──入れ」

レイア先生の硬質な声が返ってきた。

「失礼します」

「……なんだ、君たちか」

部屋の最奥《さいおう》──仕事机に着いた彼女は、こちらを一瞥《いちべつ》してそう言った。

俺は全員を代表し、質問を投げ掛ける。

「先生。会長が千刃学院を辞めたというのは、本当ですか？」

「……あぁ、二日ほど前に中途退学の手続きをしていったよ」

「「「「……っ」」」」

残酷な現実を前にして、みんな言葉を失ってしまった。

本当の本当に、会長はこの学院を辞めてしまったらしい。

誰にも別れを告げず、たった一人で。

「なんでだ⁉　理由を教えてくれよ！」

「シィが自分の意思で辞めたなんて、信じられないんですけど……！」

リリム先輩とティリス先輩は、必死の形相で問い詰めた。

会長との付き合いが長い分、この状況を信じられないようだ。

（でも、ティリス先輩の言う通りだ）

会長はいつも本当に楽しそうだった。

『生徒会長』という地位を思う存分に利用して、学生生活を他の誰よりも満喫していた。

そんな彼女が、自分の意思でここを辞めただなんて、にわかには信じ難《がた》い。

「……この件について、私の立場からは何も話せない」

『私の立場』――すなわち五学院の理事長として、発言できないということはつまり……。

「政府の意図が絡《から》んでいるということですか？」

俺が一歩踏み込んだ質問をすると、先生は視線を逸《そ》らして黙り込む。

沈黙、それは何よりも雄弁な『答え』だった。

どうやら会長は、リーンガード皇国の都合で、千刃学院を辞めさせられたようだ。

「……すまんな。私にはどうすることもできない」

先生はそう言うと――俺たちの横を通り抜け、出口の方へ歩いていった。

「ちょっと待ってください！　どこへ行くんですか⁉」

「レイア、逃げないでよ！」

俺とリアが食って掛かると、先生はピタリと足を止め、上着の内側をゴソゴソと探り出した。

「おや、天子様から預かった『極秘の書類』がないぞ？　あれが流出したら、私の首が飛んでしまうのだが……。今は腹が減って、それどころじゃないな。ゆっくり昼飯を食ってから、『仕事机』のあたりを入念に探してみるか」

彼女はわざとらしくそう言って、理事長室を後にするのだった。

■

レイア先生が部屋を出た後、俺たちは顔を見合わせる。

天子様から預かった極秘の書類・ゆっくりお昼ごはんを食べる・仕事机――これは『私のいない間に仕事机を漁《あさ》れ』という先生からのメッセージだ。

（『五学院の理事長』という立場上、表立って異を唱えることはできないみたいだけど……）

この件については、彼女も納得していないようだ。

（先生、ありがとうございます！）

俺たちはすぐに、仕事机を漁り始めた。

数分後――全く整理整頓されていないぐちゃぐちゃの引き出し、その一番奥に『極秘』と印字された書類を見つけた。

「こ、これだ……！」

「でかしたぞ、アレンくん！」

「内容、早く見たいんですけど……！」

机の上に書類を置くと、みんなはそれを食い入るように見つめる。

そこには——とんでもないことが記されていた。

「政略……結婚……？」

それはアークストリアの家の長女シィ＝アークストリアと神聖ローネリア帝国の大貴族ヌメロ＝ドーランの政略結婚を企画したものだった。

その目的はただ一つ、神聖ローネリア帝国との関係を改善し、ほんの少しでも戦争の開始を遅らせること。

早い話が、ほんのわずかな『時間稼ぎ』だ。

「ヌメロ＝ドーラン、この名前は聞いたことがあるぞ！」

「数年前からシィにしつこく求婚していた、ローネリア帝国の男なんですけど……っ」

リリム先輩とティリス先輩が、険しい顔つきでそう言うと、

「『ドーラン家』、厄介な相手に目を付けられていたのね……っ」

リアは嫌悪《けんお》感を滲《にじ》ませながら、苦々しい表情で呟《つぶや》いた。

「リア、何か知っているのか？」

「ええ……。ドーラン家は神聖ローネリア帝国で、鉱山業を取り仕切る大貴族。『霊晶石』や『ブラッドダイヤ』を高値で売り捌《さば》き、莫大《ばくだい》な財を築いているわ」

それから彼女は、記憶を手繰るようにして語る。

「数年前に一度、ヴェステリア王国と神聖ローネリア帝国で、会談が開かれたことがあったの。そのときに一度、ヌメロ＝ドーランを見たことがあるわ。欲深い目付きに丸々と肥えた体……。後で聞いたことなんだけど、女性をまるで道具のように扱う、最低最悪の男って話よ」

「「「……っ」」」

最後に付け足された情報によって、部屋の空気がさらに重たくなった。

「――つまり会長は、ほんの僅かな時間を稼ぐために、ローネリア帝国へ売り渡されたということか」

ローズの言葉には、隠しようのない怒りが込められていた。

「こんなの絶対おかしいぞ！　あの行き過ぎた『親バカ』が、シィの結婚なんて認めるわけがない！」

「ロディスさんのところへ行って、ちょっと事情を聞きたいんですけど……！」

リリム先輩とティリス先輩は、語気を荒げて叫ぶ。

（確かに二人の言う通りだ）

ロディスさんは、心の底から会長を溺愛していた。

こんなふざけた政略結婚、彼が黙って見過ごすとは思えない。

（たとえ『上』からの命令があったとしても、『アークストリア家』として拒否できなかったとしても……あの人ならば、どんな手を使っても会長を助け出そうとするはずだ）

「当たってみる価値は、十分にありそうですね」

「あぁ、行くぞ！」

「授業なんて受けている場合じゃないんですけど……！」

こうして俺たちは、会長の父ロディス＝アークストリアと会うために動き始めるのだった。

■

三限以降の授業を抜け出した俺たちは、すぐにアークストリア家の屋敷《やしき》へ向かう。

（ここに来るのは、夏合宿以来だな……）

まさかこんな暗い気持ちで、再び訪れることになるとは夢にも思わなかった。

立派な扉をノックして、その場で待っていると――ロディスさんがヌッと顔を出す。

「アレン＝ロードル……とシィのお友達か」

彼は怨敵を睨《にら》み付けるようにこちらを一瞥《いちべつ》した後、その後ろにいるリアたちへ視線を向けた。

「こんにちは、ロディスさん。少しお時間をいただけませんか？」

「悪いが、今は忙しい。また日を改めてくれ」

彼が扉を閉めようとしたその瞬間――ローズが玄関口にサッと足を挟み、それを未然に防いだ。

こういう咄嗟《とっさ》の行動力は、さすがというほかない。

彼女が作ってくれた時間を無駄にしないよう、手短に用件だけを伝える。

「会長――いえ、シィさんが千刃学院を辞めたことについて、大事なお話があります」

「『家庭の事情』というやつだ。シィは剣術の修業を積むため、海外へ留学することになった。貴様が口を挟むようなことではない。帰れ」

まさに門前払い。

このままでは埒《らち》が明かないと判断し、早速手札を切ることにした。

「――ヌメロ＝ドーランとの政略結婚」

ロディスさんの眉根が、ピクリと動く。

「貴様、何故《なぜ》それを……っ」

彼は憤怒《ふんぬ》の表情で、凄《すさ》まじい怒気を放つ。

やはり政略結婚については、微塵《みじん》も納得していないようだ。

「少なからず、そちらの事情は承知しているつもりです。ロディスさん、少しだけお話ししませんか？」

「……入れ」

彼は短くそう言って、ギィと扉を開けたのだった。

■

ロディスさんの屋敷にお邪魔した俺たちは、彼の後に続いて長い廊下を進んでいく。

（さすがはアークストリア家、やっぱり凄《すご》いお金持ちだな……）

床にはいかにも高級そうな赤い絨毯《じゅうたん》が敷かれ、左右の壁には名画めいた雰囲気を放つ絵画が掛けられていた。

「――ここだ」

ロディスさんは足を止め、部屋の扉を開く。

そこはシンプルな応接室だった。

大きな黒いソファが二脚、その間に上品な木製の長机が一台。

『話し合いの場』として、必要最低限の機能しか持たない簡素な部屋だ。

「立ち話もなんだ、適当に掛けてくれ」

彼はそう言いながら、奥のソファへどっかりと座った。

俺たちは「失礼します」と断りを入れてから、その対面に腰を下ろす。

「アレン＝ロードル――貴様、『政略結婚』についてどこで知った？　この一件は『国家機密』だぞ？」

まるで詰問《きつもん》するかのように、鋭い目が向けられた。

「情報源については、お話しできません」

ここでレイア先生の名前を出せば、彼女は理事長の職を追われてしまう。

そんな不義理を働くわけにはいかない。

「ふん、まぁいい……。それでいったいなんの用だ？」

「はい。実はシィさんの件について――」

俺が口を開いたそのとき、

「おい、ロディスさん！　このままじゃシィが、ヌメロとかいう最低な男に取られちまうんだぞ⁉　本当にそれでいいの――」

リリム先輩が我慢ならないといった風に叫んだ直後、

「――いいわけないだろう！」

ロディスさんは天にも轟《とどろ》くような怒声を張り上げ、固く握りしめた拳を振り下ろした。

木製の机は真ん中から真っ二つに折れ、木材の粉塵《ふんじん》が宙を舞う。

「あんなくだらん下種《げす》男《おとこ》に、大事な娘を渡してたまるか！　この私が直々に出向き、結婚式をぶち壊してやるつもりだ！」

彼は鼻息を荒くして、そう捲《まく》し立てた。

これまで我慢に我慢を重ねて、なんとか平静を装《よそお》っていたらしい。

応接室がシンと静まり返る中、俺は一つ質問を投げ掛ける。

「直々に出向くと言っても、どうやって神聖ローネリア帝国まで行くつもりですか？　当然ながら、飛行機や船の類は使えませんよ？」

帝国は国の指定する渡航禁止国の一つ。

公共の交通機関たる空路や海路は使用できない。

「それについては問題ない。影使いドドリエル＝バートンの『影渡り』を利用するからな」

「「「なっ!?」」」

予想外の名前が飛び出し、俺・リア・ローズの三人は思わず目を丸くした。

「一般に知られてはいないが、世界各地にドドリエルという剣士の作った『スポット』が点在している。これは地中や海中にできた『影』を利用し、二点間を一瞬で移動できるというものだ」

どうやらドドリエルは、俺の知らないところでいろいろと暗躍しているらしい。

「帝国直通のスポットは、既に押さえてある。移動方法については、なんの問題もない」

「……なるほど」

ロディスさんはそのスポットで帝国へ潜入し、会長を救い出した後、同じ方法で帰還するつもりのようだ。

「しかし、どこでそんな情報を……?」

「餅は餅屋。『闇の情報』の仕入れ先など、決まっているだろう」

「もしかして……リゼさん、ですか?」

「そうだ。かなり無理を言って、『血狐《ちぎつね》』との面会を強引に取り付けた。あいつは本当になんでも知っているからな。情報の対価として、全財産の半分を持っていかれたが……おかげで準備は整った」

彼はグッと握り拳を作り、瞳の奥に闘志を滾《たぎ》らせた。

すると、ここまで黙って話を聞いていたリアとローズが、続けざまに質問を投げ掛ける。

「敵陣のど真ん中へ、たった一人で乗り込むなんて……あまりにも無謀じゃありませんか？」

「それに『アークストリア家の当主』がそんな暴挙を働けば、帝国はこちらに牙を剝《む》くのではないか？」

「無謀であることは、百も承知だ。しかし、案ずるな。帝国を襲撃した犯人が私だという証拠は、どこにも残らん。何せ当日は、アレを腹に巻いていくからな」

彼の視線の先には――輪状に連なった大量の爆弾があった。

「「「なっ⁉」」」

「あの爆弾は全て、知り合いの魂装使いに作ってもらった『特注品』。その爆発によって命を落とした者は、世界からその存在が抹消されるという優れものだ。シィの奪還に失敗した場合、私は即座に自爆することで、身元の特定を完璧に防ぐ。そして成功したときは、それこそなんの問題もない。貴族にとって『面子《メンツ》』は、命よりも大事なものだ。たった一人の侵入者に花嫁を奪われた――そんな不名誉な事件は、どんな手を使ってでも闇に葬《ほうむ》るだろう。つまりどちらにせよ、リーンガード皇国と帝国の『上辺《うわべ》だけの友好関係』は残り、天子様に迷惑は掛からんという寸法だ」

ロディスさんは『死』を覚悟した、恐ろしいほど静かな目で淡々と語った。

「ど、どうして……っ。どうしてそこまで天子様に尽くすんですか⁉」

俺には理解できなかった。

政治や外交といった複雑な事情があったのかもしれないけれど、天子様は会長を帝国へ売った。

ロディスさんからすれば、最愛の娘が売られたのだ。

それなのに……こうまでして天子様を庇《かば》う理由が、まったく理解できない。

「――『伝統』だ。我らアークストリア家は、先祖代々『天子様』を御守《おまも》りしてきた。数百年もの長きにわたる『時の重み』、私の一存で無に帰すことはできん……っ」

ロディスさんは目を閉じながら、重々しい口調でそう説明した。

（数百年、か……）

十数億年もの間、ただひたすら剣を振り続けた俺からすれば、それは瞬《まばた》きの間に過ぎるような刹那だ。

しかし、一般的には途方もなく長い時間だろう。

「それに今回の一件、天子様は何も悪くないのだ。彼女はこの国を立て直すため、懸命に頑張っておられる。真に憎むべきは、あの忌々しい――いや、これ以上はやめておこうか……」

ロディスさんは奥歯を噛み締め、途中まで口にしかけた言葉を呑み込んだ。

（『天子様は何も悪くない』……？）

彼の言葉に引っ掛かりを覚えていると、

「難しいことはよくわかんねぇけど、私も加勢するぞ！　帝国だろうが、どこだろうが、地獄の果てまで行ってやる！」

「シィは大切な友達……。当然、私も行くんですけど……！」

リリム先輩とティリス先輩は勢いよく立ち上がり、ロディスさんに協力を申し出た。

しかし、

「駄目だ。これはアークストリア家の問題。部外者を巻き込むわけにはいかん」

彼はそれをすげなく断り、応接室の扉を開けた。

「さぁ、話は終わりだ。私はこれから決戦に備え、霊力を練り上げる必要がある。――もしも本当にシィのことを思うのならば、作戦の成功を祈ってこのまま静かに帰ってくれ」

「……っ」

『本当にシィのことを思うのならば』――そう言われたリリム先輩とティリス先輩は、歯を食い縛ってコクリと頷《うなず》く。

「……みんな、帰ろう」

「……力になれそうには、ないんですけど」

目に見えて気落ちした二人は、力なく応接室を後にした。

「あっ、ちょっと先輩……！」

俺とリアとローズは、慌ててその後を追う。

そこから先は重苦しい空気のまま廊下を歩き、俺たちは屋敷《やしき》の外へ出た。

ロディスさんと別れる直前、

「――ありがとう。君たちのようないい友人を持って、シィは本当に幸せ者だ」

彼は最後にそう言って、その武骨な顔で笑ってみせたのだった。

■

ロディスさんの屋敷を後にした俺たちは、一度みんなで生徒会室へ戻った。

部屋の空気はかつてないほど重く、時計の秒針の音が嫌に大きく聞こえる。

「「「……」」」

「うぅ、シィ……っ」

「こんなの……こんなのって、あんまりなんですけど……っ」

リリム先輩とティリス先輩の消え入りそうな声が響く。

会長を含めたこの三人組は、千刃学院で初めて出会ったわけじゃない。いわゆる幼馴染《おさなな じみ》というやつで、小さい頃からの友達なのだ。

付き合った時間の長さは、そのまま思いの強さに繋《つな》がる。
きっと二人の苦悩は、俺たちの比じゃないだろう。
（くそ、どうすればいいんだ……っ）
俺だって会長を救いたい。
お別れもできず、一生会えないなんて絶対に嫌だ。
（でも……ッ）
天子様の思惑。
ロディスさんの覚悟。
そして何より、一人神聖ローネリア帝国へ渡った会長の意思。
この件には、様々な『思い』が複雑に絡《から》み合っている。
下手に俺たちが動けば、それこそ状況を掻《か》き乱すだけになるかもしれない。
（せめて会長の意思――本当の気持ちだけでもわかれば……っ）
助けて欲しいのか、それともこのまま動かないでいて欲しいのか。
それがわからない現状、まったく身動きが取れない。
（会長……っ）
俺が空席になった彼女の机へ視線を向けると、

（……あれ？）

とある引き出しが、ほんの少しだけ突き出ていることに気が付いた。

どうにもそれが気になったので、取っ手をスッと引いてみる。

するとそこには――一枚の封筒が入っていた。

「これは……？」

その裏面には、女の子らしい可愛《かわい》い丸文字で『生徒会のみんなへ』と記されていた。

「会長の書き置き……っ」

俺が思わず叫ぶと、リリム先輩とティリス先輩が、慌ててこちらへすっ飛んできた。

「シィからの手紙……!?」

「ほ、本当……!?」

それに続いてリアとローズも駆け寄ってくる。

「なんて書かれているの!?」

「アレン、早く読んでくれ！」

みんなに急《せ》かされた俺は、封筒の中にあった手紙を読み始める。

「――みんながこの手紙を読んでいるときには、私はもう千刃学院にいないでしょう。何も言わず、勝手に辞めちゃってごめんね。やむを得ない事情があって、すぐにこの国を発《た》たなければならなかったの」

どうやら会長は、政略結婚の件について語るつもりはないらしい。

「——リリム、ティリス。なんだかんだと言いながら、いつも私の我がままに付き合ってくれてありがとう。あなたたちのおかげで、とっても刺激的な学生生活を送ることができたわ。私のこと、ずっと忘れないでいてくれると嬉《うれ》しいな」

「し、シィ……ッ」

「忘れられるわけ、ないんですけど……っ」

リリム先輩はポロポロと涙を流し、ティリス先輩は唇を噛《か》み締めた。

「——リアさん、ローズさん。あなたたちのおかげで、生徒会はとっても賑《にぎ》やかになったわ。いつも定例会議に出席してくれて、ありがとう。しっかり者の二人がいるおかげで、安心して旅立つことができるわ。リリムとティリスは……私と同じでちょっと頼りないから、支えてあげてくれると嬉しいな」

「か、会長……っ」

「くっ……」

リアは目尻に涙を浮かべ、ローズは悔しそうに拳を握る。

「——そしてアレンくん。お姉さんに意地悪ばかりするあなたには、ノーコメントです。

……なーんて、冗談よ。思えばアレンくんとは、いろんな勝負をしてきたわね。部費戦争にイカサマポーカー、裏千刃祭にクリスマス、結局一度も勝てなかったなぁ……。あなたはとっても強いから、これからもみんなを守ってあげてね？　これはお姉さんからの最後のお願いよ」

会長は最後の最後まで、みんなのことを気に掛けてくれていた。

「――みんなと過ごした生徒会での毎日は、本当に楽しかったわ。それじゃ、さようなら」

手紙はそこで終わっていた。

最後の『さようなら』という文字は、薄《う》っすらと滲《にじ》んでいる。

きっと彼女の涙が沁《し》み込んだのだろう。

（……会長）

あの人は本当に自分勝手だ。

我がままで素直じゃなくて……底なしのお人好《ひとよ》しだ。

（自分が一番苦しくて悲しくて辛《つら》くて、助けて欲しいはずなのに……っ）

俺たちに迷惑を掛けないよう、最後の最後まで「助けて」と言わなかった。

だけど、言葉にしなくたって伝わるものはある。

（会長の意思は――本当の気持ちは、しっかりと受け取った）

涙で濡《ぬ》れたこの手紙には、これでもかというほど、彼女の気持ちが詰まっている。

（そうだ……俺はクリスマスのあの日、会長と約束したじゃないか）

『――呼んでくれれば、いつだって助けに行きますよ』、と。

それに母さんとポーラさんも、口を揃《そろ》えて言っていた。

『剣士が一度口にした約束は、死んでも守れ』と。

「――決めた。俺は会長を助けに行くよ」

相手が神聖ローネリア帝国だろうが、黒の組織だろうが……そんな小さいことはどうだっていい。

今ここで動かなければ、『アレン＝ロードルという剣士』は死んでしまうのだ。

「私も行くぞ！　こんな形でシィと別れるなんて、絶対に嫌だからな！」

「当然、私も行くんですけど……！」

リリム先輩とティリス先輩は、すぐに賛同の意を示した。

その一方、

「ちょっと待ってよ、アレン！　いくらなんでも危険過ぎるわ！」

「リアの言う通りだ。もしも下手を打てば、会長はおろか『リーンガード皇国』全体を危険に晒《さら》すことになるんだぞ⁉」

リアとローズは冷静になるよう呼び掛けた。

「危険は承知の上だ。それに何より、『貴族は命よりも面子《メンツ》を大事にする』……だろ？」

「「……っ」」

俺がロディスさんの言葉を借りると、二人は黙り込んだ。

「俺たちのような『学生』に結婚式が潰されたら、貴族の面子なんか丸潰れだ。ヌメロ＝ドーランは、必死になって隠蔽するだろうな」

会長の奪還に成功した場合、ヌメロは自分の面子を守るためにその事実を闇へ葬《ほうむ》る。

万が一失敗した場合、結婚式はなんの問題もなく執り行われ、俺たちの襲撃はなかったことになる。

その結果、残るのは皇国と帝国の上辺だけの友好関係。

つまりどちらの場合でも、リーンガード皇国に迷惑を掛けることはない。

「でもアレン、どうやって帝国へ侵入するつもりなの？　陸路も空路も使えないし、ドドリエルの作った『スポット』の場所だってわからないのよ？」

「それは……」

リアの言う通り、移動手段はとても大きな問題だ。

（ロディスさんは、帝国までの直通スポットを押さえていると言っていた。彼と一緒に行ければベストなんだけど……）

ロディスさんはこの一件を『アークストリア家の問題』だと言い切っていた。

俺たちが再度協力を申し出たところで、突っぱねられるのが関の山だろう。

「それならさ、いっそのこと『血狐《ちぎつね》』を頼るってのはどうだ？　ロディスさんだって、リゼ＝ドーラハインからスポットの在処《ありか》を教えてもらったそうじゃないか！」

リリム先輩は、名案を思い付いたとばかりに手を打った。

その直後——リア・ローズ・ティリス先輩は、即座に首を横へ振る。

「先輩……さすがにそれだけは、やめた方がいいと思います」

「リアの言う通りだ。アレに関わっても碌《ろく》なことがない……」

「そもそも血狐に会うためには、数か月以上前からアポイントを取り付ける必要があるんですけど……」

「そ、そっか、やっぱそうだよな……。ごめん、今のは忘れてくれ……」

真っ向から否定されたリリム先輩は、しょんぼりと肩を落とす。

「いやでも、俺が行ったときはすぐに会えましたよ？」

リアがザク＝ボンバール・トール＝サモンズの二人に誘拐されたとき、リゼさんはすぐに会ってくれた。

あのときは切羽詰まっていたため、アポイントなんて取れていない。

すると、横合いからローズが口を開く。

「アレは例外中の例外と考えるべきだ。天子様でさえ、血狐に会うのには長い時間を要すると聞く。今回ロディスさんが会えたのは、奇跡のようなものだろう」

「そ、そうなのか……？」

俺が確認を取れば、全員がコクリと頷《うなず》いた。

リゼさんと会うのは、現実的にかなり難しいようだ。

その後、みんなで必死に知恵を振り絞ったけど、結局まともな案は出てこなかった。

時間だけが刻一刻と過ぎていき、焦燥感がジワジワと心を焦がす。

（くそ。こうしている今だって、会長はつらい思いをしているのに……っ）

強く拳を握り締め、必死に思考を巡らせる。

（リーンガード皇国から帝国までは、かなりの距離がある。とてもじゃないが、泳いで行くのは不可能だ……っ）

かといって、飛行機と船は使えない。

国の定める渡航禁止国へ向かう便なんて、そもそも存在しない。

（こうなるとやっぱり、移動手段としてドドリエルのスポットが必要となってくる）

……だが、運よく帝国まで直通のスポットを見つけたとして、その後はどうする？

神聖ローネリア帝国の地理について何も知らない俺たちでは、ヌメロの居場所を突き止めることとさえ難しい。

つまり今探すべきは――スポットの場所を知っており、それでいて帝国の地理に明るい人物だ。

（…………そんなの……無理に決まってるだろ）

世の中、そんなにうまくできていない。

そんな都合のいい人なんて、そうそういるわけがない。

（くそ、今回ばかりは打つ手なしか……っ）

そうして俺が歯を食い縛っていると、

「……雨、降ってきたね」

リアは窓の外を見ながら、ポツリと呟《つぶや》いた。

耳を澄ませば、ポツポツと小さな雨粒が窓を叩《たた》く音が聞こえてくる。

外は一面の曇り空。

まるで俺たちの絶望的な状況を表しているかのようだった。

(……雨、か。…………待てよ、『雨』⁉)

その瞬間、脳裏に電撃が走る。

(…………い、いた。そうだ、いるじゃないか……!)

『たった一人』、これ以上ないほどの人物がいた。

帝国の地理に明るく、黒の組織に詳しい『あの男』ならば――スポットについても何か知っているかもしれない。

「な、なぁ、あの男を頼ってみるのはどうかな!」

「「「……あの男?」」」

「神託の十三騎士――レイン=グラッドだ!」

「「……ッ!」」

「し、神託の十三騎士……⁉」

リアとローズが目を見開き、事情を知らないリリム先輩とティリス先輩は口を大きく開けた。

「レインは黒の組織の最高幹部だった男だ。『スポット』についても、何か知っているかもしれない!」

黒の組織の活動拠点は、神聖ローネリア帝国。

組織の最高幹部だったレインは、まず間違いなく帝国の地理にも明るいだろう。

もしかしたら、大貴族ヌメロ＝ドーランの住居も知っているかもしれない。

「――い、いやいや、ちょっと待ってくれ！　アレンくんはやっぱり、黒の組織と繋《つな》がっていたのか⁉」

「確かにそういう噂《うわさ》はあった。でも、いや、そんな……ちょっと信じられないんですけど……⁉」

リリム先輩とティリス先輩は、顔を真っ青に染めながら、ゆっくりと後ずさる。

何やらとんでもない勘違いをされているようだ。

「誤解です！　なんと言うかその……レインとはいろいろあって、一度剣を交えたことがあるんですよ」

「神託の十三騎士と戦った⁉　なんだそれ……とんでもない大事件じゃないか⁉」

「いつ、どこで……⁉　というか、もっと詳しく聞きたいんですけど……⁉」

先輩たちは目を剝《む》いて食い付いてきた。

「すみません。詳しい内容については、ちょっと話せないんです。でも、レインはしっかり倒したので安心してください」

クラウンさんと交わした約束があるため、ダグリオの一件については口外することはできない。

　だから仕方なく、『レインを倒した』という断片的な情報だけを伝えた。

「神託の十三騎士を……『倒した』……!?」

「この前は確か、神託の十三騎士フー＝ルドラスを『撃退』していたはずなんですけど……っ」

　リリム先輩とティリス先輩は、唖然《あぜん》とした様子で呟く。

　その一方、レインと面識のあるリアとローズは、何やら考え込んでいた。

「彼は黒の組織を酷《ひど》く嫌っていたし、何より根は悪い人じゃなさそうだった……。確かに可能性は十分にあるわね」

「だが、奴は聖騎士に連行されていったぞ？　おそらく今頃は、どこかの牢獄《ろうごく》に囚《とら》われているはずだ。アレン、何かアテはあるのか？」

「あの一件には、クラウンさんが深く関わっていた。彼に話を聞けば、何かわかるかもしれない」

　そうして話がまとまってきたところで、

「なんかよくわかんねぇけど……。とにかく、聖騎士協会に行けばいいんだな！」

「少しでも可能性があるなら、行ってみるしかないんですけど……！」

リリム先輩とティリス先輩はそう言って、生徒会室を飛び出した。

「リア、ローズ、俺たちも行こう！」

「うん！」

「承知した」

こうして俺たちは、わずかな可能性に食らい付き、聖騎士協会オーレスト支部へ向かうのだった。

あとがき

読者のみなさま、『一億年ボタン』第六巻をお買い上げいただき、ありがとうございます。作者の月島秀一《つきしましゅういち》です。

早速ですが、本編の内容に触れていこうかなと思います。『あとがきから読む派』の方は、この先ネタバレが含まれておりますので、どうかご注意ください。

第六巻はクリスマスパーティ編・慶新会編・政略結婚編の序章という三部構成でした。

クリスマスパーティ編は、サンタ帽子をかぶったリアやローズ・サンタコスチュームのシィなど、ヒロインの可愛《かわい》らしさが前面に押し出されていました。章全体として見ても、明るく楽しい話に仕上がっていたのではないかと思います。

慶新会編は、たくさんの新キャラが登場しました。癖のある天子様・親バカのロディス＝アークストリア・謎の魔族ゼーレ＝グラザリオ――新たな風が吹き込まれつつ、意味深な描写もポツポツと見られました。作者的にはアレンVSゼーレの激闘が、書いていてとても楽しかったです。

政略結婚編の序章では、シィが政略結婚をさせられることになってしまい……。アレンたちは、神聖ローネリア帝国へ乗り込むことを決意。レイン＝グラッドという可能性に気付いたところで次巻へ。

第六巻はイベントが盛りだくさんで、とにかく濃密！　読者のみなさまが少しでも楽しんでいただけたなら、とても嬉《うれ》しく思います。

そして第七巻は……凄《すご》いことになります！　文字通り『怒涛《どとう》の展開』が待ち受けておりますので、どうかご期待ください！（現在、鋭意原稿作業中！）

第七巻は四か月後――６月発売予定！

それでは、そろそろ謝辞に移らせていただこうかなと思います。

イラストレーターのもきゅ様・担当編集者様・校正者様、そして本書の制作に協力してくださった関係者のみなさま、ありがとうございます。

そして何より、『一億年ボタン』第六巻を手に取っていただいた読者のみなさま、本当にありがとうございます。

また四か月後、６月発売予定の第七巻でお会いしましょう。

月島　秀一

富士見ファンタジア文庫

一億年《いちおくねん》ボタンを連打《れんだ》した俺《おれ》は、気付《きづ》いたら最強《さいきょう》になっていた6
～落第剣士《らくだいけんし》の学院無双《がくいんむそう》～

令和3年2月20日　初版発行

著者――月島秀一《つきしましゆういち》

発行者――青柳昌行

発　行――株式会社KADOKAWA
〒102-8177
東京都千代田区富士見2-13-3
0570-002-301（ナビダイヤル）

印刷所――株式会社暁印刷

製本所――株式会社ビルディング・ブックセンター

ISBN978-4-04-073814-7 C0193　◇◇◇

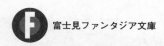

騙しあい。

各国がスパイによる戦争を繰り広げる世界。任務成功率100%、しかし性格に難ありの凄腕スパイ・クラウスは、死亡率九割を超える任務に、何故か未熟な7人の少女たちを招集するのだが——。

シリーズ
好評発売中！

ファンタジア文庫

世界最強の
“不可能任務”に挑む少女たちの
痛快スパイファンタジー！
スパイ教室
竹町
illustration
トマリ

切り拓け！キミだけの王道

ファンタジア大賞

原稿募集中！

《大賞》**300**万円

《金賞》**50**万円 《銀賞》**30**万円

賞金

選考委員	細音啓	「キミと僕の最後の戦場、あるいは世界が始まる聖戦」
橘公司	「デート・ア・ライブ」
羊太郎	「ロクでなし魔術講師と禁忌教典」

ファンタジア文庫編集長

前期締切 8月末日
後期締切 2月末日

公式サイトはこちら！ https://www.fantasiataisho.com/

イラスト／つなこ、猫鍋蒼、三嶋くろね